U0007692

瑪莉的電話

都市傳說系列 07

笭菁 著

都市傳說7：瑪莉的電話

楔子

畫面嚴重晃動，有種再多看五秒就會暈船的前奏，鏡頭拍著黃土地上，一雙正在奔跑的腳，劇烈的震動著。

「好了沒啦？」有男孩的聲音吼著。

「等一下啦！就很難拍啊！」女孩子的聲音傳出，離鏡頭非常的近，應該是拍攝者，「太暗了……這樣好了，大家換個角度，向光向光！」

鏡頭總算拍到了人，幾個男孩子滿頭大汗，汗水反射著燦陽，流露出青春活力的氣息。

鏡頭稍穩了些，映照著一票男生們，手上或拿鏟子或持圓鍬，一雙眸子熠熠有光，像在期待著什麼似的。

「各位觀眾！」為首的高大男生手持鏟子大喊，「我們勇者團要來挑戰的是，開、箱、文！」

「噢噢噢噢！」一群人把鏟子當武器，學電影戰士們打仗前的吶喊！

隨著高昂的分貝，鏡頭往地面一照，發現在黃土地下，居然有一口箱子。

放大特寫，旁白是女孩的聲音，「這裡是間很久沒人住的屋子，不出租也不販售，常有狗對著這間屋子狂吠，也有很多夜晚哭泣聲的傳聞。」

鏡頭重新上移，拍向一個戴著眼鏡的瘦小男生，「李仲利！李仲利說話！」男孩錯愕，「在照我嗎？妳要照後面的屋子啦！」

他指向後面的透天厝，已被藤蔓植物爬滿窗戶與陽台，看上去就是間廢屋。拍攝者很盡責的起身，盡可能將整棟透天厝拍攝清晰。

「我家小吉之前一直想來這邊挖東西，我們也很好奇，所以今天約好來挖挖看到底有什麼，結果登登——」鏡頭火速回到箱子上，「我們居然挖出一個箱子！」

一開始的高大男生湊到鏡頭前，「這才是標準的開箱文吧！我們直接一鏡到底，看看他們埋了什麼！」

拍攝者三步併作兩步的跑回來，蹲在洞口，與挖掘者面對面，可以看得出箱子倒是不小，超過一公尺長，一群男孩原以爲要很吃力的撬開箱子，有人連破壞剪都準備好了——

「咦？」帶頭的男孩疑惑的歪著頭，雙手擱在箱子上，「根本沒鎖。」

輕輕往上扳動，大家都可以看見蓋子往上移了點。

眞的沒鎖，男孩們有一點點失望，原本以爲像個藏寶箱似的，否則屋主何必把東西埋在這兒？

所有人同時深吸了一口氣，屏氣凝神，拍攝者更是穩住相機，就等待開箱的那一刻——掀蓋！

「哇——噁！」

箱子一開，一股風從裡頭竄出，隨之而來的一股霉味跟惡臭！

「好噁的味道！」男孩們頓時四散，紛紛跳離箱子邊，連開箱的大發都把蓋子往後推，整個人掩鼻後退。「臭死了！」

「這什麼東西啊？」其他人也捏著鼻子說話，「該不會是屍體吧？」

掌鏡者非常盡責，發著抖卻沒有閃開鏡頭，其實她站很遠，只是ROMM IN而已；她屏住呼吸皺著眉望進箱子裡，超遺憾的，沒有大家既期待又怕受傷害的屍體。

有的只是一箱雜物，破損的玩具、一具摔裂的電話、沒氣的皮球、還有生鏽的鈴鐺、分屍的芭比娃娃，還有……某個佔了箱子一半的空間，使用白布裹起來的不明物體。

「這什麼？」大發有點緊張，指指那團東西，要鏡頭拍近一點。

越近，那種臭味更加明顯，其他人先用泥鏟在裡頭翻，手不敢貿然伸進去，結果翻出一包早就發霉爛光的餅乾，味道更是令人難以忍受。

氣氛變得有點緊張，大發決定起身，拿大鏟子掀開那塊白布，畢竟那個東西小歸小，看起來還眞像是……人？小孩？

一、二、三——白布硬被扯開，金色的捲髮滑了出來，一開始有人咬著指頭悶叫，剛剛膽大包天的男生此時此刻都害怕得蜷成一團，只是定神一瞧——哎，是尊破爛娃娃。

「幹！搞什麼！」大發把白布整個揭開，「好醜喔！」

「安娜貝爾喔！」其他人湊上前，「哈，漂亮很多啦！」

那是尊法國娃娃，本該有白皙粉嫩的天使臉龐，一頭金色捲髮，頭上一定要有蕾絲帽飾以襯托渾身華麗的蕾絲洋裝……只可惜，或許年久失修，或許正因爲髒舊才被扔棄，臉上的白漆早被磨損，一塊青黑一塊白的，些許裂痕在其上，該是柔軟的金色捲髮也已經紊亂不已，蕾絲小帽散亂髒汙，華麗洋裝脫線破敗，仿陶瓷的手腳也有龜裂，右手的食指跟中指都斷裂了。

最重要的櫻桃小嘴的紅漆早逝，剩下鐵灰色的原色質，讓這個娃娃看起來破

敗醜陋。

芒果一骨碌把娃娃抓起來，上頭抖落一堆灰塵，仔細看，衣服上還沾了霉。

「醜死了！」他說著，隨手把娃娃向後一扔，「裡面就這樣嗎？下面還有沒有啊？」

幾個男孩湊近箱子，娃娃拿走後，箱子就見了底，只剩一旁壞掉的玩具朝空間處靠攏而已。

「只有一堆破玩具，埋這麼認眞幹嘛！」阿B做了個帥氣的動作，QUE了鏡頭，好拍攝他一腳將娃娃再往下踢的動作。

娃娃倏地被踢飛，落到了透天厝前、坡下一整排的樹叢間。

這邊的男生把箱子裡的東西全倒出來，總覺得應該要好好的每樣都拍個仔細，才有開箱文的FU。

「沒有好貨啦！垃圾要丟到垃圾車好嗎！」

「埋起來是什麼意思？我還以爲是寶物。」

「這個這個！」阿B拿著泥鏟，上頭放著爛掉的青色餅乾，「食物不能放進去的好嗎！就是有這個狗才一直挖！」

一群人在那兒嘻笑怒罵，拿起毀壞的玩具惡作劇。

然後……卡在大樹下、灌木叢底的娃娃緩緩……喀喀喀，頸子往左轉了十度、二十度、三十……乃至於九十度。

玻璃眼珠望向正在玩鬧的男孩們，斷掉的食指輕輕的晃動了一下。

它的頸子再度喀喀喀的轉正，這一次往右邊轉去。

透天厝的位子在高處，前方有一整排綠樹爲界，往旁就是山溝了，娃娃看著下方，不見唇色的小嘴勾起淺淺笑意。

身子一使勁，娃娃從邊坡上滾了下去。

「咦？」李仲利顫了一下身子，彷彿聽見什麼聲音而回頭。

「怎樣？」一旁的阿B問了。

「沒……我好像聽見什麼聲音……」他抓抓頭，聽起來像是有東西掉下去的聲音哪。

娃娃以趴姿落進了土溝裡，吃力的小手撐著地面，緩緩撐起身。

我是瑪莉，我，終於要回家了。

第一章
暑假的開始

馮千靜不耐煩的皺著眉，健步如飛的來到社團大樓，走廊末的最後一間社團辦公室，外牆用木板鏤刻著「都市傳說社」；怪了，期末考完直接回家就好了，她不懂爲什麼一定要她到社團來一趟？

星期五第七節，終於走到地獄的終點，最後一堂最後一科，期末考正式結束！

扭開門把，暑假開始了！

「恭喜考完！」裡面驀地一陣驚天動地的歡呼，拉砲跟香檳聲齊飛，「放暑假了！」

她愣在門邊，看著幾十個社員把辦公室幾乎塞滿，開心的尖叫著，而細皮嫩肉的美少年手持著香檳對著她，還在拼命搖著！

「小靜！恭喜考完最後一科！」剝！軟木塞迸出，香檳轉眼噴灑了女孩滿臉滿身都是。

唉，唉唉唉，在社團另一端角落的性格男孩不停搖頭，錯錯錯，沒看見馮千靜一臉肅殺之氣嗎！考完期末考對大家而言是解脫的開始，但對她而言才是踏入另一個戰場的起始點啊！

「喂！」她抹去滿臉香檳，「你叫我來就是爲了這個？」

若不是閒雜人等太多，她一定揪起夏玄允的領子，直接把他壓到牆上去！

「慶祝啊！」夏玄允瞇起眼笑著，那宛如從二次元世界出來的美少年萌樣，也是「都市傳說社」社員踴躍加入的主因之一。

一臉高中生的可愛無邪模樣，事實上已經是個大、學、生了！

「小……馮千靜同學！」無獨有偶，另一個溫和斯文型的少年端著飲料跟濕紙巾出現，一樣有著漂亮的五官，「溫潤的茶不加糖，溼紙巾給妳擦，難得大家狂歡，妳放輕鬆點吧！」

郭岳洋，夏玄允的國中同學，一樣的娃娃臉加可愛萌樣，細心溫和，整個社團的紀錄都是他。

這兩個都是萌系一派，卻有著跟外表大相逕庭的興趣——「都市傳說」。

舉凡怪奇靈異玄疑的事件，他們都有莫名的狂熱……近乎變態的狂熱。

例如「都市傳說社」社團的牌子，外頭那塊木板是都市傳說「第十三個書架」的殘骸做的，馮千靜被那個都市傳說搞得死去活來，還兩次！他們偏愛收集都市傳說的「殘骸」當紀念！

最可怕的是——馮千靜忍不住望向門邊，那個放置白板的角落看去。

「小靜要放外套嗎？」夏玄允雙手恭敬的伸出，想接過她掛在肩頭的外套，夏天教室冷氣強，大家總是備著外套。

所以，他「體貼」的想幫她把外套，掛上「都市傳說社」獨一無二的衣架上。

在角落裡，有一座假人模特兒，左半邊沒有肌膚，呈現的是肌肉束，右半邊是健壯的體格與正常的皮膚，沒有下半身，夏玄允找了其他的假人模特兒下半身組裝。

模特兒有著綠色的頭髮，還有他們都熟悉的五官，瞪大雙眸，嘴巴微張，表情凝結在這一刻。

栩栩如生，如果親自去摸，就是個擺在服飾店的假人模特兒，但是歷經過「都市傳說」的馮千靜他們都知道，那曾是活生生的人，李彥樺，學校目前「失蹤」的同學，被捲入「試衣間」的傳說。

在那個「試衣間」裡，活人會成爲假人模特兒，而所有假的雕塑、塑膠模特兒卻會活過來。

那是幫助大家逃出生天的同學，只是沒有人料到，離開了「試衣間」，他再也不可能變成人類，卻成爲一個假模特兒；不知情的人誤以爲這模特兒是「都市傳說社」訂做的，沒人知道李彥樺在變成這樣之前，身體一半的皮膚眞的被活生生撕掉，再以那模樣成爲假人。

夏玄允說要紀念他，把他擺在社團裡當置衣架……馮千靜爲這件事情不可思議，他根本只是想要收集「都市傳說」的元素而已！

「走開！」馮千靜不耐煩的打掉他的手，下意識開始梭巡剩下的另一個人。

遠遠的，在鐵製書櫃邊，毛穎德舉起了手。

厚，馮千靜鬆了口氣，幸好他在，要不然光面對夏玄允跟郭岳洋這兩個活寶，她眞怕會失控揍人……千萬不行，所有社員都在，她現在可是溫和自閉的馮千靜啊！

「考完了，沒比較輕鬆吧？」他立刻轉身往書櫃後去。

L型的社團辦公室尾端，兩個大鐵製書櫃與牆壁隔出個小空間，一般來說都是刻意講祕密，或是專供馮千靜的空間；她不喜歡人多的地方、或是被注視，只要類似這種社員大會，毛穎德都會自動幫她保留。

大家都認爲馮千靜內向自閉，每個人眼中她就是個擁有一頭獅子亂髮、戴著大眼鏡、害羞又不修邊幅的宅女型女生。

沒有人知道那不過是個僞裝，打開郭岳洋的手機桌面，是個身材勻稱的格鬥辣妹，與他眼前這個一頭亂髮、戴著大黑框眼鏡的邋遢馮千靜恰恰好是同一人。

這就是她要低調的原因。

「他叫我來就是要開香檳大會？」馮千靜沒好氣的坐下來，頭髮全是香檳了，「他是嫌我平常拿他練習得不夠嗎？」

「要放暑假了啊，他當然開心。」毛穎德無奈的聳聳肩，「我跟他們說了妳會不高興，但是他們想讓妳放鬆一下，畢竟……嗯……」

暑假有大賽。

七月初就有女子格鬥大賽，這就是她最近壓力很大的原因，既要準備期末考，又得要防止夏玄允他們去找一堆「都市傳說」來搗亂，還需專心鍛練，為大賽準備。

考試結束與否，對她而言沒有實質的放鬆感。

「那個模特兒不還給家屬嗎？」她壓低聲音說，「那是活生生的……」

「李彥樺的家屬拒絕了！」毛穎德嘆了口氣，「夏天興高采烈的送去，他們一看到模特兒那張臉就氣急敗壞的把我們趕出來，說我們在惡作劇，消遣他孩子的失蹤……」

馮千靜一怔，「他們以為我們刻意訂做的喔？」

「沒有進去過試衣間，沒有人瞭解活變死的道理。」說到這當口時，毛穎德都會顯得特別嚴肅。

馮千靜只能嘆氣，喝著郭岳洋精心準備的飲料，郭岳洋是女子格鬥競技迷，當初也是他一眼就認出她的偽裝，偶像嘛，很難認不出，所以他深知她比賽在即特別注重養生，天氣再熱也不會提供冰水給她。

「算了，我要回去了！好好睡一晚後，明天就要開始練習了。」她一口氣灌完飲料，準備起身。

「喂，我們後天要回家鄉，妳要不要一起去？」毛穎德突然拉住她。

「嗯？」她皺眉，眼神閃過一絲失望，「你們沒有要待在宿舍喔？」

宿舍，指的是他們一起住的地方。

夏玄允背景雄厚，這層五十坪大的房子是他家買的，四房兩廳三衛，用極便宜的價格租給她，說穿了根本只是想讓她有地方住而已，誰叫她之前租的屋子燒了一乾二淨，所以他們是室友。

三男一女，怕嗎？該怕的絕對不是她。

想想難得的暑假到了，大家當然會回家鄉啊，怎麼可能待在宿舍裡？就連她，也是得回家去訓練，在想什麼啊？

「國中同學會，我們要一起回去，大家同一個學區的，老家都在那裡，空氣很好，想說妳要不要去放鬆一下？」

毛穎德跟夏玄允從小一起長大，是總角之交；而郭岳洋是夏玄允的國中同學，怎麼說都是一塊兒的。

「不要。」馮千靜秒答，「拜託一下，你仔細想想，上次跟你們度假去住那個誰家？夏天的阿姨？發生了什麼事？」

該死的「第十三個書架」，詛咒得她死去活來。

「呃……」毛穎德無從反駁，「不至於每次都遇到吧？世界上哪來這麼多都市傳說！」

馮千靜挑高了眉，自從認識他們以來、自從「都市傳說社」創社以來，可以算算看他們遇到了幾個——六個！整整六個！

「我已經發現癥結點了，就是跟你們在一起……不，不是針對你，我知道你也不想……」她深吸了一口氣，壓抑怒火，「跟夏玄允及郭岳洋在一起，就容易遇到都市傳說，然後大家就會發生事情，跟你們度假是沒事找事做吧！」

「這話不公平啊！」

冷不防的，郭岳洋居然站在鐵櫃邊，一臉無辜委屈的望著她，仔細瞧，眼眶還有淚水打轉著。

「郭岳洋……」馮千靜嚇了一跳，沒料到他會突然在旁邊聽。

「試衣間就跟我們沒關係啊，我們只是去現代的鬼屋探險而已……」他說得好可憐，「還有那個書架……」

「好了好了！」毛穎德趕緊站起身，拿過他手裡的零食，知道他是來貢獻點心的，「快繼續跟大家玩！」

在這邊一件件反駁，只是喚起馮千靜對於都市傳說的記憶而已。

「反正我才不去，離你們越遠我越安全！」馮千靜拎起包包，抽過毛穎德手裡的魷魚絲。

這話才是他們要說的吧！她在家時動不動就拿夏玄允他們來練習肩摔、固定技啦，夏天跟郭岳洋沒被凹斷脊椎，他都覺得好生佩服了咧！

「我們鬧完就回去，」他隨口說著，「不會太晚。」

馮千靜往前走沒兩步，突然又回首，「你們什麼時候去，去幾天？」

毛穎德微怔，「後天就下去，預計十幾天，同學會外，想額外跟其他同學聯繫一下感情，然後去我阿姨家。」

後天啊，她比賽是四天後，兩天的賽程，如果結束的話……馮千靜腦子裡轉著時間，下一場比賽在八月，偷閒一下其實好像沒關係厚？

「到的時候發座標給我。」她挑了眉，揚起一抹笑回身。

嗯？毛穎德轉了轉眼珠子，啊剛剛不是才說跟他們度假是沒事找事做嗎？

萬里無雲的好天氣，幾個好友在開國中同學會前就先約見面吃飯，他們的家鄉是個純樸的鄉鎮，幾乎都在淺山區域；這群好友約在從他們國中就開到現在的餐廳，位在半山腰，兩層樓木造建築，古色古香，從點心到正餐應有盡有，還可以品茗。

而一大票人因爲太吵，所以很有自知之明的選擇二樓陽台上的座位，萬一太過分，還可以把門給關起來，不吵到室內的客人。

現在的氣氛倒是靜謐的，因爲大家正在看著大發他們前兩天拍的開箱影片，看得毛穎德汗涔涔……馮千靜，妳要不要改行當算命的？

毛穎德擰著眉，跟一票同學聚在一起，盯著平板瞧，平板裡發出嘈雜的嘻鬧聲，是一群白目的「開箱影片」。

『預備喔！』大發高喊，『要開箱囉！』

「噢噢噢！」桌前的夏玄允跟郭岳洋興奮異常，「好讚喔，你們怎麼會知道那邊有埋東西啦！好屌！」

屌個屁！毛穎德覺得頭痛，單單透過螢幕，他就可以看見那口箱子上滿滿的黑氣啊！他也想問，無緣無故你們去別人家地面挖東西做什麼啊！

「之前就有傳說啊，所以我故意過去看，結果我家小吉眞的一直朝裡面吠，放牠下車還吠後來會進去挖土，我就覺得那邊一定有東西！」說話的是參與開箱的芒果，個性非常皮，「我後來跟其他人說，大家越講越起勁，那棟屋子很久沒人住了，附近不少狗也都會朝裡頭吠，我們就猜可能有東西。」

狗都朝裡面吠了，你們還挖！毛穎德多想這樣吼出來，但是絕對不行！

瞧瞧夏天跟郭岳洋那雙閃閃發光的眼睛，只要聽見怪談、都市傳說，他們就會呈現另一種狂熱狀態，所以就算跟夏玄允從小一起長大，他也沒有提過自己有敏感體質這件事。

只是些微敏感，沒到什麼陰陽眼或是天眼通的地步，但是如果讓夏玄允知道這個「些微敏感」，他絕對會利用得淋漓盡致，例如帶他到墓仔埔去過夜，請他幫忙翻譯鬼言鬼語之類的——他又不是白痴！

所以，他這「些微敏感」的體質都看見那口箱子黑氣纏繞，簡直不敢相信裡面到底放了什麼東西！

「繼續繼續！」夏玄允催促著，郭岳洋再按下播放鍵。

『沒鎖耶！一、二——』大發啪的推開蓋子——『靠！好臭！』

『嗚！』

毛穎德顫了一下身子，他緩緩站直，剛剛在吵鬧聲中，好像夾帶了一絲哭聲？

幾個學生屏氣凝神的盯著影片看，毛穎德則是退到後方去，看著他們在箱子裡撈出一堆玩具、壞掉的食物，還有……一具用布包裹著的娃娃。

本該是精緻的法國娃娃，已經變得醜陋破敗，沒兩下就被芒果往後丟了。

「咦？就這樣？」夏玄允忍不住失望，「我以爲很臭是裡面有什麼屍體咧！」

「呸呸呸！屍體這麼好挖喔！」芒果還是一臉得意，「裡面有發臭的餅乾啦！而且裡面的東西感覺都放好久了。」

「不過你們這樣挖人家東西，不怕被告喔！」郭岳洋很謹愼的說，「眞的都沒人住？」

「沒有啊，我們有把箱子蓋回去，土埋起來了，那邊根本沒人住，就扔在那裡。」芒果聳了聳肩，「而且他們就是埋垃圾好嗎！把一堆舊玩具、壞掉的東西放進去！裡面沒有一個東西是好的。」

「那個，」毛穎德忍不住開口，「你們把所有的東西都放進去了嗎？」

芒果皺起眉，眼神往上瞟著，「嗯……差不多啦，反正土埋回去就好了。」

「什麼叫差不多啦？」郭岳洋也聽出來了，「東西都壞的，你們撿回去也沒用吧？」

他是擔心萬一屋主發現東西掉了，同學們就要吃上官司了。

「唉，這怎麼說……」芒果搔搔頭，壓低了聲音，「有東西不見了，我們只好就隨便掩飾掉。」

毛穎德覺得有股惡寒湧上，東西怎麼會不見？

「什麼東西啊？」夏玄允漫不經心的說，「餅乾那個就不要放回去了吧？」

「搞不好人家那個是紀念咧！」同學哈哈大笑起來！

「餅乾我們也放回去了耶！」芒果賊笑著，「但是……那個娃娃不見了。」

氣氛在剎那間凝結。

毛穎德心中大叫不好，他就知道那口箱子有問題！但是更糟的是……往前望向定格的夏玄允跟郭岳洋，這下好了，他們兩個鐵定會興奮到外太空去了！

「娃娃不見了！它怎麼不見的？」夏玄允果然立刻站了起來，逼向坐在方桌對面的芒果，「自己走的嗎？還是跑步離開的？」

「嗄？」芒果一陣錯愕，「怎麼會自己走啦！我那時不是隨手一丟嗎，後來阿B把它再踢到旁邊去，結果似乎就掉下去了。」

「好像？表示你們不確定？」郭岳洋瞇起眼，語調盈滿興奮。

「下面是陡坡山溝耶，根本看不見。」芒果搔搔頭，「找不到也沒辦法啊，我也被大發罵了。」

毛穎德突然趨前，重點開平板又看了一次，「屋子在靠右，箱子在左邊，你們離所謂邊界的灌木叢有多遠？」

「欸……」面對毛穎德這麼一問，芒果反而不知道該怎麼回答了，「多遠喔……就這裡到樓梯吧！」

芒果一指，店家二樓是個方形，他們位在戶外陽台，兩張方桌八人座位，向左看著上來的樓梯口，算算有八公尺距離。

毛穎德非常認眞的親自走到樓梯口，面對著下方，往右手邊的露台看，「我看你隨手一丟，怎麼可以把娃娃丟出去？阿B踢得多用力？」

這段距離，他一百八十七公分，都要走十幾步的距離，隨便一踢能把娃娃踢出露台外？

「喔喔喔，毛毛你認爲絕得不可能對吧！」夏玄允雙眼一亮，立刻轉向芒果，「所以娃娃是自己走掉的！」

「不要說那些有的沒的啦！」陳玉潔哀號，「你們怎麼一點都沒變啊，還這麼喜歡那種怪談！」

「夏玄允他們不是在學校成立了什麼……都市傳說社嗎？」元寶有在追蹤，「社團人超多的，聽說你們眞的有遇到都市傳說喔？」

不管是夏玄允或是郭岳洋都沒人回應，因爲他們滿腦子現在都陷入所有跟「娃娃」有關的都市傳說裡。

「唉，」毛穎德嘆口氣，「他們現在在幫那個不見的娃娃找理由了，等著瞧，他們一定會找到相關的都市傳說！」

「毛穎德你也在那個社團啊！」看來不少同學都加入「都市傳說社」的社團網頁。

「我願意的嗎？」毛穎德一臉無辜，想也知道是不得已的好嗎！

「哈阿哈，毛穎德以前就超寵夏天的啦！他做什麼都會跟啊！」芒果他們賊賊的笑，「欸，在一起時要公開喔！」

「誰跟他在一起！」毛穎德翻了個白眼，「我們這是孽緣好嗎！我是因爲他太狂熱了，不看著點會出事！不然我喜歡啊？」

邊說，他邊把手臂伸出來，讓大家看看上頭的疤。

「哇，這怎麼傷的？」陳玉潔一頓，「難道眞的是你們社團網頁上寫的……」

毛穎德點點頭，「都市傳說還是存在的，麻煩大家小心再小心——像那種挖箱子的事，少做好嗎！」

芒果尷尬的抽著嘴角，參與的陳玉潔倒抽一口氣，「那個箱子裡面、沒、沒有什麼啊！有箱子的都市傳說嗎？」

會怕噢！毛穎德偷笑著，會怕就好！

「會不會是瑪莉啊？」冷不防的，郭岳洋像是想到了答案，毛穎德還蠻討厭他們想到什麼的。

「瑪莉？」所有同學好奇的問。

「瑪莉的電話啊，娃娃的都市傳說是不少，但我覺得被丟掉的話……很符合被丟掉的瑪莉。」夏玄允說得頭頭是道，「被丟掉的洋娃娃，會慢慢的找路回家，邊找還邊打電話給你，告訴你它到哪裡了……」

「我是瑪莉，我現在在巷子口了。」郭岳洋立刻裝起娃娃的聲音，「我是瑪莉，我現在在門口了。我是瑪莉，我現在在——」

「停！太可怕了！」陳玉潔嚷著，「瑪莉怎麼跟別人聯繫的？」

「電話啊，所以這個傳說叫『瑪莉的電話』。」夏玄允劃滿笑容，「它會定時打電話給你，告訴你位子！」

「娃娃怎麼會講電話？」芒果擺擺手，「這也太扯！」

一時之間，夏玄允、郭岳洋甚至連毛穎德都不發一語，只是緩緩搖頭，傻孩子，真人都能變假人、雕像都能走路、連裂嘴女他們都遇到了，娃娃不會講電話？

「十幾公分大小，裡面塞滿米的娃娃都會拿著刀跟我玩捉迷藏了，打算一刀刺進我胸口……」毛穎德幽幽出聲，「都市傳說，就是一種不可能。」

一時間，不只露台上鴉雀無聲，連外頭其他偷聽他們聊天的客人也都靜默，氣氛變得非常安靜詭異，芒果嚥了口口水，到底是要嚇誰啊！

娃娃如果真的打電話的話——

突然間，桌上誰的手機響了！

「哇啊——」一時間六個人自中間往旁邊跳開，「幹！誰電話啦？」

五月天的將軍令響著，大家手機都扔在桌上，這會兒才鬆一口氣湊過去瞧，芒果卻遲疑著，盯著手機瞧。

「誰的啊？快接啊！很吵耶！」元寶唸著。

「呃……」芒果很勉強把手機拿起，然後往手邊的音量鍵按了兩下，轉成無聲，「奇怪……」

「誰？女朋友喔！」陳玉潔故意湊上去問，笑著往前看，笑容卻在瞬間凝結，「瑪莉！？」

什麼！夏玄允跟郭岳洋立刻湊上前去，一左一右的搭著芒果的肩，看著來電顯示：「瑪莉」。

「真的假的？你有朋友叫瑪莉？」夏玄允挑了眉。

「我正在想……」芒果一臉茫然，「我應該會寫英文吧，這樣寫瑪莉好奇怪喔！」

「不要大驚小怪，來電顯示有名字，就表示是曾輸進通訊錄的……」毛穎德抬抬下巴，「該接了吧？」

啊……芒果趕緊按下接聽，這時夏玄允調皮的伸手往螢幕一按，將擴音器打開！元寶即刻比了噓，要大家不要出聲。

『沙沙……』對方沒有聲音。

「喂，誰啊？」

『我是瑪莉，』娃娃音即刻傳來，『我現在在爬樓梯了。』

喝！芒果瞬間就滑掉了手機，手機匡啷落地，他嚇得臉色慘白！

噫——別說他了，其他同學無不揪著一顆心，冷汗在剛剛那一秒內冒出……那個聲音就像電影或卡通裡的小孩娃娃音，眞的說著「我是瑪莉」啊！

「那是什麼……惡作劇嗎？」陳玉潔忍不住發顫，「你眞的認識一個叫瑪莉的？她剛好現在打電話來？」

毛穎德立刻朝裡頭望，好幾桌客人已經直接衝下來買單離開了，他們聽見這群學生的對話，也聽見剛剛那通詭異來電了！毛穎德仔細觀察，怕有人剛好在這兒，名喚瑪莉，就又認識芒果……混帳，天底下哪有這麼巧的事情？

「噢噢，是瑪莉！她打來了！」郭岳洋感動的握住芒果的手，「你居然接到瑪莉的電話了！」

「等等如果響了我來接！拜託你給我接！」夏玄允激動的好像那是大明星打來的電話！

「喂！有完沒完！」毛穎德不耐煩出聲，上前把兩個都市傳說狂熱者拉開，「這都市傳說後面結果是好還是壞？興奮什麼啊！」

好還是壞？這問題一扔，夏玄允跟郭岳洋臉色丕變，突然尷尬的擠出笑容。

「不……不好嗎？」所有參與開箱的人，陳玉潔、元寶跟芒果都嚥了口口水。

「不是……該怎麼說？」郭岳洋笑得很勉強，「好像沒有結局耶！」

「沒結局怎麼會有傳說出來？」陳玉潔可不認爲，「快點講啦！賣什麼關子！」

夏玄允露出無辜的笑容，「娃娃一直打電話來報位置，最後一句是……」

啊啊，毛穎德想起來了，他看過這篇都市傳說，「我是瑪莉，我現在在你後面。」

「咦咦！」芒果整個人都毛起來，慌亂的看著自己的手臂，汗毛直豎，「幹！這太扯了，嚇人啊！」

「不是我們嚇你啊，是瑪莉打來找你了。」郭岳洋還很認眞的回應。

餘音未落，將軍令又響了。

剛剛元寶把手機撿起來放在桌上，這會兒在桌上拼命閃爍著，來電顯示依然是「瑪莉」。

「不要接。」毛穎德認眞的說，「讓它進語音信箱。」

芒果戰戰兢兢的把音量再按掉，望著瑪莉的字樣一閃一爍，直到停下爲止；抓準這個機會，他立刻調成靜音，才剛調好，手機立刻又亮起來了。

靜音，只能看見瑪莉兩個字。

瑪莉連打了三通，芒果都沒有接，露台上所有人均屛氣凝神，沒有人敢吭半

聲，而參與開箱的陳玉潔跟元寶紛紛冒著手汗，眼尾也不自覺的瞥向自己的手機……

鈴——刺耳的電話聲陡然響起，嚇得陳玉潔驚叫，大家不約而同的往內場看去，在樓梯旁的店家室內電話居然響了！

刺耳高頻，芒果痛苦得摀起耳朵。

「不要擔心，說不定只是店家談出餐的事。」毛穎德安撫著，二樓服務生果然立刻衝向食物的電梯邊，接起電話。

只見他講了兩句，突然皺眉，然後握著話筒往店裡看過來，「誰是黃亮宏？」

喝！他的名字！芒果臉色慘白，雙腿一軟就癱上椅子。

「什麼事？」夏玄允開心的迎上前，「找芒果的嗎？」

「嗯，她說她叫瑪莉，已經看見我們家招牌了！」服務生邊說，邊掛上電話，「只是要我轉告而已，她看見我們家的木製六角招牌了。」

木製……六角招牌？郭岳洋立刻轉身往欄杆去，攀著往旁邊看，在二樓的他們適巧就在招牌旁，六角形的木板，陽刻著「得意茶坊」幾個字。

毛穎德跟著走到欄杆邊往樓下望，山林野中，停車場在下方，不管誰要上來都必須走上左邊蜿蜒的石梯……剛剛瑪莉說它在走樓梯！

「我要回家……我要回去了！」芒果慌張的站起，抓過手機就要往樓下去。

「等等等等！」夏玄允連忙拉住他，「你現在出去，不是跟它碰個正著嗎！」

二樓電話驟然再響起，在服務人員上前前，夏玄允主動奔過去接：『我是瑪莉，我現在在樓下了。』

「樓下！芒果，你就躲在這裡！」大家立刻移動到室內，毛穎德將門關上，「不要發出任何聲響。」

不顧店內其他人奇怪的眼光，他們幾個找張空桌坐下，直瞪著樓梯口，期待著那個娃娃會上來。

在陽台的芒果嚇得躲在桌子下面，手裡緊握著手機，拜託！這是假的！他寧願是惡作劇，否則怎麼會有打電話的娃娃呢？

才在想，手上的手機又亮了，他差點失聲尖叫，但看見來電是元寶時，鬆了一口氣。

「喂！走了嗎？」他用氣音問著。

『……嘻。』女孩的笑聲傳來，『我是瑪莉，我在——』

「哇啊啊啊——」驚恐的慘叫聲自陽台那邊傳來，緊接著兩秒後是帶著迴音的重摔聲，砰！

74%
20:12
通話紀錄
今天
下午 20:08
瑪莉
今天
下午 19:44
元寶

砰。

內場的所有學生都跳了起來，毛穎德立即衝往露台，一腳就踹開了對開門，「芒果！」

露台上哪有什麼芒果，根本空無一人。

「呀——有人掉下來了！」樓下傳來女孩子的尖叫聲。

什麼！

毛穎德立刻攀住欄杆往下望，男孩扭曲著身子躺在下方的水泥地上，殷紅的血汩汩流出……

「怎麼會這樣！芒果！」大家看見後，爭先恐後的往樓下衝去。

唯夏玄允拾起地上的手機，滑到了通話紀錄。

「我們快下去吧！夏天！」郭岳洋急得都快哭了，好端端的為什麼會掉下去呢？

「他剛接了電話，」夏玄允將螢幕轉向郭岳洋，「是元寶打的。」

來電顯示是元寶，但是點進去詳細資料……沒有電話號碼。

毛穎德覺得背脊發涼，天哪！這年頭瑪莉不只會打電話，而且還會用詐騙集團那一招了：冒用電話！

第二章
夜半訪客

雖然只有二樓，但芒果落地時後腦著地，腦殼龜裂且腦漿溢流，傷勢比想像的嚴重；手部有粉碎性骨折，肋骨斷裂，連醫生覺得匪夷所思，自二樓摔下怎麼會有這麼嚴重的傷？

而且就他的傷處來看，上半身受到的衝擊甚大，研判是背靠著欄杆再掉下去……但是，郭岳洋記得很清楚，露台上的欄杆到他的腰際，儘管他只有一百七十公分，但是芒果也有一六五啊！

是能怎麼「隨便靠」就滑出去的？

「我沒有打電話給芒果。」元寶沉重的搖頭，「大家那時都坐在一起，我拿著手機，你們也都看得到我沒打。」

「沒人說你打，不要這麼緊張。」毛穎德出聲勸慰，「點開來就不是你的號碼。」

陳玉潔一顫，「那……那是誰的？」

「沒有號碼。」他沉穩的說，「顯示一個0而已。」

一票學生坐在手術室外頭，芒果還在手術中，家屬坐在外面啜泣，不明白只是國中同學聚會，爲什麼會發生這種意外。

而且還沒人知道發生什麼事，因爲當時芒果一個人在那陽台上。

陳玉潔跟元寶最爲不安，他們是參與開箱的一份子，一晚上絞著衣角不停，想起那個不見的娃娃，以及那一通通來路不明的電話。

夏玄允悄悄使了眼色，說要去買飲料，郭岳洋跟毛穎德立刻起身問大家要喝什麼，一道去幫忙。

「那是瑪莉沒錯了。」一離開範圍，夏玄允立刻就說，「好厲害喔，現在還會冒名了。」

「瑪莉爲什麼要找芒果呢？因爲他丟掉它嗎？」郭岳洋認眞的思考著，「可是我們在現場沒看見瑪莉啊！」

天哪！我的天哪！……毛穎德在心裡吶喊著，他只是趁著陽光燦爛的暑假回家休息兼開同學會，爲什麼莫名其妙的又會有都市傳說找上門啊！還一件比一件扯，洋娃娃打電話回來就算了，現在還害他同學在手術室裡！

「傳說裡本來就沒人看過瑪莉啊，大家根本不敢面對它。」夏玄允煞有其事的說著，「記得嗎，最後瑪莉會說它在妳身後……」

毛穎德立刻瞟過去，對上夏玄允的雙眼，「你是說，芒果是被拉下去的？」

「不然怎麼解釋！他不會自己跳下去吧？」夏玄允難過的皺眉，「如果被追，他應該是跑進來找我們，眞要跳，也是正面躍下……不會是後仰的方式。」

餘音未落，郭岳洋立刻站到夏玄允身後，「你看喔，如果芒果這樣站著接電話，我演瑪莉——」

他伸出手，擱上夏玄允的肩頭，用力往後扳。

「娃娃怎麼會有這麼大的力量……」這種廢話就不要說了，因爲那不只是一尊娃娃，它現在是都市傳說。

「合理。」毛穎德頷首，「如果因爲芒果丟掉它，它跑回來我能接受，但娃娃呢？還有把芒果拉下去後做什麼？」

兩個「都市傳說狂熱者」不約而同的聳肩，夏玄允還回首開始投幣自動販賣機。

「『瑪莉的電話』資訊超少的，只有一路打電話、一路報地點跟一路回家而已。」郭岳洋也很無奈，「沒有人想接電話、沒有人想開門，但瑪莉就是能進來。」

「這麼執著!?」毛穎德覺得頭很痛，「瑪莉是在一口箱子被找到的嗎？它回家之後呢？」

咚，一瓶飲料掉了下來，夏玄允彎身從飲料口把紅茶拾撿而出，「我覺得……瑪莉可能還沒回家耶！」

咦？連郭岳洋都忍不住看向他。

「你說啊，回家的話瑪莉應該要躺在芒果身邊吧？」他臆測著，「芒果一個人在血泊裡，瑪莉呢？」

如果不在，是否這還不是它的終極目的？

「噢，媽呀！」毛穎德突然驚呼，他明瞭夏玄允的意思了，「你是說事情還沒完，那瑪莉想幹嘛？」

郭岳洋也突然一驚，詫異的張嘴，「開箱的都是丟掉它的人嗎？」

毛穎德不可思議的望向郭岳洋，這話什麼意思？開箱影片中所有的人，瑪莉都要一個個算帳嗎？

有沒有搞錯啊，冤有頭債有主，當初把它埋在地底下的是別人吧！

「毛穎德！」突然有人大吼，立刻被護理師制止喧嘩。

毛穎德回身，看見奔來的同學們，大發、阿B跟李仲利，全是開箱的成員，只是跟毛穎德他們並沒有非常熟，所以今天的聚餐沒有他們。

「嘿！大發！」毛穎德趨前，他們互搥了拳，「都接到消息了喔！」

大家紛紛看向夏玄允跟郭岳洋，沒有時間寒暄的頷首示意，「元寶傳LINE來，說芒果病危，跟我們那天的開箱有關！」

「推測……」毛穎德保守的說，「都市傳說這種事，你知道的……」

「你們不就是都市傳說社的嗎！」大發不耐煩的看向夏玄允，「夏天，你怎麼還是一副細皮嫩肉的樣子啊？」

「我哪有！」夏玄允說這話時，瞪圓著眼連男生都會覺得很可愛。

「郭岳洋也是啊，都沒變，活像高中生……」大發打量著郭岳洋，搖搖頭，「正題，都市傳說什麼的，到底怎麼回事？」

談到專業領域，夏玄允跟郭岳洋立刻上前，簡要跟大家說明了那個都市傳說，只是平常沒有涉獵或是不信的人，聽到這種事只會皺眉再皺眉，瞧，大發眉頭都可以夾死蒼蠅了。

「你現在是說那個洋娃娃打電話給芒果？」他完全不可思議，「怎麼打？它也有手機嗎？」

「這不是重點，都市傳說不能用常理判斷。」郭岳洋語重心長，「我們看影片中是芒果把娃娃丟掉、然後阿Ｂ一踢……希望這件事就到此爲止，要不然我擔心……」

阿Ｂ跟李仲利錯愕的面面相覷，「擔心什麼？」

還來不及說，遠處突然傳來淒厲的哭喊聲，聲音來自於左方走廊，芒果手術

室的方向！幾個男生不約而同的交換一秒眼神，接著一起朝聲音處狂奔，還沒轉彎，就看見哭著跑出來的陳玉潔，她一看見同學，哭聲更劇。

「芒果……芒果他……」她忽地軟腳，跑最前頭的毛穎德及時攙住她，「腦死了……」

腦死了……學生們完全無法接受，聽著家屬哭嚎，醫護人員推著病床出來，芒果插著許多管線，心跳依然在跳動，只是那恐怕已經不是芒果了。

毛穎德抱著陳玉潔，難受的看著被推過自己面前的芒果，他眞的希望……瑪莉的電話不要再響了。

原定計畫是吃完飯後，大家各自回老家去，但是離開醫院時已經十點多了，他們這次沒租車，兩小時一班的公車已經停開，所以只好住到同學家去，幸好大家都挺大方的，住所很好處理。

元寶就住在鎮上，大學也唸附近，所以他爸媽買了一間透天厝給他，騎車到學校十來分鐘，還算方便。

三層樓透天厝一個人住，房間何其多，讓他們三個住綽綽有餘。

「都住二樓吧！三樓我拿去堆東西了！」元寶清理出二樓，一層樓有十八坪，隔了三間房，已經足夠寬敞了。

而且房間都有折疊床，看得出來元寶這邊常供人住。

「睡完床單是有沒有洗啊？」夏玄允很認眞的看著自己那張大床，「你有沒有租給情侶？」

「囉嗦耶！來我這邊住的人要負責洗床單的！放心！」元寶只是綽號，人可精得很，「我酌收水電費，其他他們得幫我用好！」

果然，毛穎德輕笑起來，元寶從高中時就很會做生意，爬牆出去買冰買飲料，都會收跑腿費，幫人代排代買更是一流，高中時期就是個打工王了，所以自己住這麼大的地方，也不忘提供過夜。

「放心，老同學不收費！」他爽快的扔出一句。

照理說，他們現在應該是買點滷味、鹽酥雞、幾手啤酒，大家就在這兒聊天喝酒吃宵夜，但是芒果的事發生後，氣氛自然變得非常低迷，元寶跟他們講解各層浴室及一樓廚房的使用方式後，就說想睡了。

「欸，那個……如果是眞的……」臨下樓前，他忍不住問夏玄允，「瑪莉會打給我嗎？」

「希望不要啦。」夏玄允心情也不甚好，「如果眞的接到，一定要跟我說喔！」

重點是後面那句吧！毛穎德暗自挑眉。

元寶往樓下走去，夏玄允他們回頭走進來整理行李，毛穎德睡床，夏玄允跟郭岳洋打地舖，因爲他們會很吵，一晚上鐵定都在聊都市傳說，當然要睡在一起。

這倒是第一次遇上「瑪莉的電話」，但這兩個卻沒有如往常興奮的又叫又跳。

「對象是同學的時候，感覺比較不一樣了厚！」毛穎德出聲，「你們就不會在那邊尖叫，期待瑪莉打來了。」

「啊？」夏玄允拿出睡衣，困惑的望著他，「我在認眞的想要怎麼結束這個都市傳說耶！」

「其實我是希望它再打來啦，如果它不打來，反而不知道該怎麼辦……」郭岳洋接口，「但你說得沒錯，我們一點都不希望同學受傷。」

可偏偏，去開箱的全是同學。

說到一半，毛穎德擱在桌上的手機震動，三個人都嚇了一跳，雖然他們跟瑪莉沒關係，但現在人人都如驚弓之鳥。

看著來電顯示「馮千靜」，毛穎德心裡居然下意識還起疑。

「喂……嗯。」他聽見正常的聲音，心裡略鬆了一口氣，「我們今天剛到，

妳不是明天要比賽？」

登，電光石火間，郭岳洋跟夏玄允不約而同的轉過來。

「加油！小靜！加油！小靜！加油！」郭岳洋還直接站起來扭著腰，開始跳起加油舞了。

毛穎德無奈的笑笑，手一略離耳，「她說閉嘴不要吵。」

嗚……郭岳洋垂下雙肩，默默的坐下來。

『我明天比賽完後有休假，說不定可以過去。』馮千靜在電話那頭說著，『座標記得給我。』

明天……毛穎德深吸了一口氣，「不要來！很遠耶，妳這麼一趟太奔波了！眞的！」

什麼？馮千靜正在暖身，狐疑蹙眉，『是誰說接觸一下大自然不錯？』

「沒有，我們今天下來才發現這裡都變了，超熱的，妳一定受不了！」毛穎德假裝朝遠處喊，「啊！好！我要去打麻將了，這裡眞的不好，妳別來了！很煩的！先這樣囉！」

滑下手機，掛斷，毛穎德鬆了一口氣，一抬頭卻對上兩雙詭異的眼神。

「你幹嘛？小靜要來為什麼不讓她來？」身爲崇拜者的郭岳洋簡直不可思

議，「難得可以讓小靜看看我們的家鄉，說不定還可以去我家一趟……」

「對啊！這裡空氣多好，哪裡熱了，連冷氣都不必開耶！」夏玄允也不平的喊著，「她比賽後就是要放鬆身心，你爲什麼這樣啦？」

「爲了讓她有下一場比賽。」毛穎德認真的說，「拜託，明知道可能又碰到都市傳說，你們還希望她來幹嘛？」

「對付都市傳說啊！」兩個男生居然一臉哀怨，還異口同聲！

毛穎德白眼都快翻到後腦勺了，「夏玄允！」他就知道，這兩個傢伙沒安好心！每一次幾乎都靠著馮千靜的格鬥技化險爲夷，但是也讓她承受了不少危險跟傷害啊！

不該這樣，狂熱的是他們兩個，不該把馮千靜拖下水！

尤其有時她的傷並不輕，每晚看她在照顧那些傷口，他心裡就會冒出無名火，到底干她什麼事！

「不許吵她，你們不覺得過分嗎？每次都讓馮千靜承擔最危險的事！」毛穎德抓著睡衣下床，「這次的事情有我在，我也不見得多差，我們要做的是盡量保護同學。」

兩個男孩像被訓話的小狗，默默坐在地上聽訓。

十一點，他們終於關上電燈，沒有人再多說什麼，芒果的腦死都帶給他們太大的打擊，明明是快樂的聚會時光，爲什麼會變成……黑暗中，夏玄允的手機亮了又亮，照亮了整間房間。

「喂……」根本沒人睡得著，夏玄允抓著手機往背窩裡鑽，「阿B，幹嘛？」

『……』電話那頭先是沉默，然後出現顫抖的聲音，『我、我接到瑪莉的電話了……』

什麼！夏玄允嚇得掀被而起，身邊打地鋪的郭岳洋也跟著坐了起來，「怎樣!?嚇我一跳！」

「瑪莉打電話給你？」夏玄允不可思議的高分貝，並且將手機打開擴音！

『對啊，我剛接到的，我不敢不接……我想知道它在哪裡！』阿B的聲音慌亂不已，『它說它到路口了，我家外面有條大馬路！因爲我踢它的關係是不是？』

毛穎德翻身下床，阿B的聲音，瑪莉去找阿B了！

「確定嗎？會不會是惡作劇？」郭岳洋也提出了不同見解，「聲音聽起來怎麼樣？」

『就娃娃音啊！』阿B哽咽出聲，『我該怎麼辦!?救我，我不想跟芒果一樣啊……嗚……』

夏玄允盯著電話居然靜默，連郭岳洋也沒吭聲，這下急的反而是毛穎德，他滑到他們身邊，推了夏玄允一下，「說話啊！喂，不是說自己是『都市傳說收集者』嗎？」

他向來是捨命陪君子，都市傳說他不熟也不想熟啊！

「封門窗，阿B，你現在跟家裡住對吧，把家人都叫起來，你們全部聚在一起，挑一間窗戶最少的房間待。」夏玄允才出聲，「門窗都要鎖緊，尤其你的背後一定要有家人！」

『好……好……』阿B吸著鼻子，他在哭啊……那個帥氣的阿B也嚇到哭了，『那如果它再打電話來怎麼辦？』

「不要接了，不要理它。」郭岳洋接口，「跟你家人拜託，說說芒果的情況，一定要幫你！」

『好！我知道了！謝謝！』聽著他彷彿要掛斷一樣。

「等一下！」毛穎德突然叫了出聲，「阿B，從現在開始不要再接任何電話了！我們打去的也一樣！」

因爲，中午芒果就是誤接了瑪莉冒用元寶的電話啊！

阿B深深明白這當中道理，『好！』

這個字算得上鏗鏘有力，阿B說完便切斷通話。三個男生跪坐在地，互相交換著眼神，心裡明白大事不妙——瑪莉還在繼續。

「阿B也接到電話了？」

冷不防的，門口傳來聲音，嚇得他們大叫出聲。

「你出點聲啊！」毛穎德回身站起，「這樣突然講話會嚇死人的！」

「對不起啦，我聽見你們很激動就衝上來了。」元寶邊說邊開燈，他赤著一雙腳，難怪上來沒聲音。

「感覺很不對勁啊，連阿B都找了！」夏玄允還緊握著手機，「眞的因爲他踢了娃娃嗎？」

「還不確定，也有可能開箱的都找吧？」毛穎德扭開水瓶喝著，早在看影片時他就知道這個結果了。

陰森的箱子，濃厚的陰氣，這時就覺得看不見的人未必幸福，因爲那個箱子一開始就有問題。

元寶臉色變得鐵青，忍不住微顫著身子，「我們只是、只是好玩想知道那邊埋了什麼……大發一吆喝我們就去了，而且裡面也沒什麼啊！」

「裡面有瑪莉啊！」郭岳洋也很無奈，「但是你們是不知道啦……現在只能走一步算一步了。」

「希望阿B能度過晚上這關。」夏玄允緊握著拳，「只要大家都看顧著，說不定瑪莉就無機可乘。」

畢竟都市傳說中，最後只知道瑪莉在人的身後，也就沒有下文了啊！

元寶顯得低落但帶著煩躁，轉身到樓下去沒一分鐘，抱著枕頭跟被子上來，大家一起擠，這種時刻，的確一個人睡會很害怕吧？

毛穎德爬上床，LINE亮著，是馮千靜，簡單一句話：「你們是發生什麼事？」欸……這樣她也感覺得到？盯著手機好一會兒，打了四個字：「比賽加油」。

只能這樣了，馮千靜一開始就是被夏天他們在海報街上攔到，才加入社團的幽靈社員，後來每次遇到危險都是她在出頭……是，格鬥者嘛，身手一定不凡，但是每次都讓她受傷，他都覺得過意不去。

都市傳說怎麼這麼多啊！箱子裡就有尊娃娃，該死的那娃娃還剛好叫瑪莉！

毛穎德眼皮漸沉，身心俱疲，他記得上一次遇到跟都市傳說相關的娃娃是布娃娃，馮千靜的室友白目的玩「一個人的捉迷藏」，硬把布娃娃棉花挖空，塞進米還縫上紅線，跟一尊娃娃玩捉迷藏，然後胸口被水果刀插入。

那種恐懼感他至今依然難以忘懷，一整間屋子的黑色結晶體，喀喀喀喀，像

黑色水晶般發出清脆的聲響……喀喀……

鈴——

深夜，電話聲終究還是劃破了寧靜。

毛穎德昏昏沉沉的睜眼，尚在熟睡之中的他一時無法回神，只隱約聽見像有電話的聲音，還有一旁地上的騷動。

「什麼聲音？」

「你聽見了嗎？還是我在夢遊？」

「有啦！電話響了……元寶，你家還有家用電話？」

「有……有啊！我阿公阿嬤沒手機，都打家用電話啊！」

郭岳洋拿起手機，「現在兩點半，你阿公阿嬤不會現在打吧？」

夏玄允站起身，推著元寶，「下去接接看。」

「爲什麼!?」元寶驚恐萬分，「不要接，我不要接就沒事了！」

「才不會！至少要知道它在哪裡！」夏玄允推著他，「不要等到它在你後面了還不知道！」

元寶望著夏玄允，淚水飆出來了，痛苦的緊握飽拳！「幹——！」

又氣又不甘心，但還是決定下樓去接那夜半的電話！夏玄允緊跟在後，臨出門前往床上看了一下。

「毛毛！起床了啦！」他喊著，後頭的郭岳洋拾起枕頭，直接朝毛穎德的臉扔去。

唉……毛穎德終於回神，「我睡得正沉，怎樣啦……」

「電話響了！」郭岳洋上前拉他起來，「眞佩服你，居然睡得著！」

毛穎德其實一時還跟不上進度，頭很重，但至少聽清楚那至今未停止的電話聲了。

不是在阿B那邊嗎？爲什麼這邊電話響了？

家用電話放在客廳，被一堆雜物掩蓋在下方，順著聲音好不容易把上頭的報紙跟塑膠袋移開後，電話聲變得刺耳響亮。

元寶瞪著那隻電話，做了個深呼吸，接起。

『我是瑪莉！』瑪莉的聲音比平常還要高八度，『呼呼，我快到你家了！』

第三章

廢屋

眞的是瑪莉！元寶家跟阿B家分屬東西向啊！很遠耶！

「妳來我家幹嘛啊!?」元寶忍不住喊著。

『……』瑪莉頓了頓，『我是瑪莉，我看到夜間商店了。』

夜間商店？元寶嚇得往鐵捲門外看，二話不說掛上電話——「巷子口！我家巷口有間夜間商店！」

「上樓！」夏玄允立刻推他上樓，透天厝的一樓都是鐵捲門，關起來就等於是封死……夏玄允臨時回頭瞥了眼鐵捲門上的小門，趕緊跑過去把栓子閂上。

衝上樓的元寶，同時遇到跑下樓的郭岳洋他們，一聽到是瑪莉來電，個個臉色慘白。

「它爲什麼跑來這裡？」毛穎德不可思議，「不是在阿B那邊嗎？」

「會不會是阿B那邊不成功？」郭岳洋緊張的找房間，「元寶，有沒有窗戶少的房間啊？」

他們睡的房間靠馬路，五片落地窗超大，另一側的客房是有大面窗戶還對著陽台，元寶聞言立刻衝到中間的小房間，因爲這位於屋子中間，所以根本沒有窗戶。

「好，就這裡！」夏玄允立刻推他進去。「沒有窗戶的話，一定沒問題。」

鈴——樓下電話又響了，夏玄允把房門關上，叫元寶待在裡面，千萬不要動也不要出聲。

三個男生站在外頭，轉著眼珠子，毛穎德不由得皺眉，「所以呢？我們站在這裡有用嗎？」

「瑪莉好像不會在人前出現。」夏玄允大膽假設。

「是嗎？沒有窗戶、我們又守在門口，瑪莉就不會來了？」毛穎德一點都不認爲這麼簡單。

電話聲依然不停，郭岳洋不安的回頭看向他們睡的那間，「窗戶這麼多，說不定瑪莉照進來不誤。」

「我去接電話。」毛穎德受不了電話響個不停，旋過腳就要下樓。

「我我我——我去接！」夏玄允突然拉住他，三步併作兩步的衝下去。

「我去啦！」郭岳洋爭先恐後，兩個人一轉眼離開了房門口。

毛穎德一句話都說不出來，這兩個人根本是想跟瑪莉面對面吧！大發開箱時應該找他們去才對啊！他嘆口氣，敲了兩聲門，走進元寶待的密閉房。

「我陪你。」他望著縮在角落、全身抖個不停的元寶說。

衝到樓下的夏玄允跟郭岳洋簡直像是在賽跑，終點獎品就是那隻電話，看誰能接到電話誰就贏得一百萬似的。

「喂——」夏玄允先馳得點，右手舉起，俐落的擋下郭岳洋。

『我是瑪莉，我現在在你家門口了！』娃娃音顯得可愛，『幫我開門！』

門口……男孩們不約而同的向左看向鐵捲門下……鐵捲門向來貼地，是看不到縫隙的。

「妳爲什麼要來找他們？」夏玄允謹慎的、有禮貌的說著。

『……我生日啊！要慶生喔！』瑪莉終於回答了這個問題，『有好多禮物要給我喔！』

它生日？夏玄允看向郭岳洋，誰曉得瑪莉生日啊！這裡又沒蛋糕，臨時去哪裡生出禮物咧？

它就爲了過生日這麼拼命？

「那個瑪莉，禮物我們還沒準備好，妳可以再等一下下嗎？」夏玄允靈機一動，想出拖延戰術。

郭岳洋站在鐵捲門前，瞪著那信封孔瞧，他現在正在天人交戰——腦子裡的惡魔喊著扳開投信孔偷看一下，說不定瑪莉就在那裡喔；天使驚恐的叫著說，偷看說不定會出事，畢竟沒有人看過瑪莉啊！

電話那頭竟沒了聲音，兩秒後竟出現嘟嘟嘟的聲響——瑪莉掛他電話？

「喂，她掛我電話耶！」夏玄允顯得錯愕。

「沒準備禮物不高興了嗎？」郭岳洋想法單純得可愛。

兩人嚥了口口水，不約而同望向鐵捲門外，瑪莉還在外面嗎？沒人敢動也沒人說話，雖然夏玄允非常想要把鐵捲門拉開來一探究竟，但畢竟都市傳說的可怕性他還是知道的。

元寶在沒有窗子的房間裡，應該不會有大礙，而且毛毛也在啊！

「好安靜。」元寶用氣音說著，「怎麼沒有聲音了？」

「嗯。」毛穎德點頭，他也覺得安靜得過分了，夏天他們平常吵得要命，爲什麼這時就沒聲？「不行，我要去看看！」

什麼！元寶慌張的握住他的手，「別、別鬧！你不能走！」

毛穎德回首皺眉望著他，「元寶，你在這邊很安全吧！瑪莉根本沒有進來的空間！」

「可是、可是……」元寶慌亂的拼命搖頭，他想要有個人陪啊！

「我出去，門反鎖，你就待在這裡千萬不要走出去。」毛穎德認眞的掰開他的手，夏天他們的靜默讓他更加緊張，「我必須去看夏天他們怎麼了。」

元寶顫抖的手鬆開，改抱緊自己的雙腿。

毛穎德也不貿然行動，他貼著門板，仔細聆聽外頭的動靜，也特別留意是否有黑色結晶碎片的產生……每次遇到都市傳說，他都會看見那樣的黑色結晶體。沒有。他扭開門把向外偷瞄，外頭空無一人。

反鎖喇叭鎖，閃身出了房門，再火速把門給關上！

元寶就一個人待在裡面抱著腿發顫，拜託不要來、拜託不要來找他，他們不小心扔掉它的，不是故意的啊！

毛穎德站在短廊上，右邊就是樓梯，再往右是他們剛睡的房間，「夏天！郭岳洋！」

噠噠足音由樓下傳來，夏玄允跑到樓梯轉彎處，「怎麼了？」

「厚！你們兩個……為什麼沒聲音？」他用全世界都聽得見的氣音罵人，「我以為發生什麼事了！」

「沒有啊，瑪莉說在門口，我跟洋洋就瞪著鐵捲門瞧，怕它跑進來。」夏玄允手裡拿著掃把，煞有其事。

後頭的郭岳洋手持不知哪兒來的鐵竿，也相當認眞的望著他。

敢情是萬一瑪莉進來，他們要海扁它就是了！

「都沒聲音嗎？」毛穎德低聲問。

夏玄允搖搖頭，「瑪莉還掛我電話，整個超有個性的！」

最好是！毛穎德反而覺得不安，屋子裡太過安靜，該一直來電的瑪莉卻沒有再打來，它應該要打電話喊著開門、開門啊……

砰──驀地一聲悶響傳來，砰砰砰！緊接著是一種詭異急促的震動拍打聲。

毛穎德吃驚的瞪大雙眼，在樓梯間的夏玄允跟著狠抽一口氣，瞬間明白聲音來自於何方──毛穎德立刻轉身，夏玄允、郭岳洋奔上二樓，直接進入他們剛剛睡的那間房，毛穎德二話不說把電燈關掉。

暗去的房間、亮著的路燈，可以清楚的看見落地窗外，那細長的娃娃身影──「我是瑪莉，我現在在外面，開門讓我進去！」

砰砰砰，娃娃敲擊著玻璃窗，接連不斷的敲著，「我是瑪莉，讓我進去！我到了喔！」

開什麼玩笑啊！三個男孩僵著身子看著窗外身影，娃娃居然眞的走來，還爬上了二樓！

「瑪……瑪莉！」郭岳洋突然出聲，「生日、生日還沒開始……」

敲擊玻璃窗的動作微頓，但是可以看清楚娃娃高舉的手，「瑪莉的生日快到

了……瑪莉要過生日。」

「對，但是還沒有準備好。」郭岳洋沉穩的說著，「瑪莉要不要改天再來？」

瑪莉沒再說話，高舉小手又繼續敲打著玻璃窗，砰砰砰！砰砰……玻璃震動的幅度越來越大，大到毛穎德深怕會就此破掉！

落地窗一旦破掉，就是正式與瑪莉面對面的時候了！

「找東西封住窗戶，有沒有可以擋住她的？」毛穎德輕聲說道，他一點都不想跟瑪莉照面！

找東西啊……夏玄允左顧右盼，房間裡頭有什麼？只有桌子、床、其他都是地舖——啊，床墊！

毛穎德跟夏玄允趕緊把地上的床墊立起，又不敢打草驚蛇，確定好範圍後，一股作氣的擋到玻璃窗前！而郭岳洋則推著二樓房間唯一的桌子擋住，但沒人知道可以擋多久。

「落跑吧！」夏玄允退後著邊說，「瑪莉執著想回家，原來是想慶生！那我們就走好了！」

「讓它撲空不會更生氣嗎？」郭岳洋不安的問。

「你覺得有必要滿足它的不撲空嗎？」毛穎德抓起衣服往行李箱裡塞，率先拎起往小房間去，「元寶！準備撤退，你家有後門吧！」

透天厝一般都有後門的。

「咦？」元寶戰戰兢兢的開了門，「怎麼回事？」

「我們從後門溜，瑪莉正在二樓陽台上敲窗咧！聽見沒有？」他往落地窗那邊一比，砰砰砰的悶聲響著。

「天哪……天哪！它來找我了！它為什麼——」

「不要唸了，後門有鎖嗎？我們先去準備，準備好再來找你。」毛穎德已經盤算好了，「我載你走，去阿B或是大發家。」

元寶恐慌得現在什麼都好，只能拼命點頭，「鑰匙都掛在客廳……就門邊的牆上，我車鑰匙是紅色的，後門的鑰匙就是最大串那把裡最小支的，我都鎖起來，忘了要轉幾圈……」

「好，我先繞出去，你機車到手後，再跟夏天會合，到時你再出來。」毛穎德認真交代，「現在進去躲好。」

「好好好……」元寶已經到了語無倫次的地步了。

重新鎖緊房門，恐懼的爬回角落坐定，他不想跟芒果一樣！

「毛毛，這樣會不會很危險？」夏玄允憂心忡忡，「你這樣出去，萬一瑪莉

它……」

「瑪莉找的是元寶吧？應該不會找我們？」毛穎德認真的詢問，這兩隻才瞭解都市傳說啊！

「……呃，照理說是不會牽拖別人。」夏玄允點點頭，「開始只針對丟掉它的人。」

「那就對了，我從後門離開時，需要有人讓瑪莉分心，我騎機車來接元寶時，你們還得讓瑪莉離開二樓。」

「……啊，那時我到一樓去，假裝說要幫它開門好了。」郭岳洋腦子動得也快，「如果它再打來，我就陪它聊天。」

只要瑪莉不要留意到元寶的動靜，什麼都行！

「毛毛，小心啊！」夏玄允揪著他的衣服，非常不安。

毛穎德只是輕笑，沒事的，這三個字他卻說不出來。

躡手躡腳的取得鑰匙，電話聲再度響起，郭岳洋這次搶贏了下樓接聽，瑪莉果然又打來，口吻變得忿怒，要求他們立刻把門打開。

確定他們在講電話，毛穎德疾速的打開後門溜了出去。

夏玄允守在樓上，拿著鐵勾瞪著被床墊與桌子擋住的落地窗瞧，樓下郭岳洋的聲音忽大忽小，不知道到底跟瑪莉談得怎麼樣了。

過生日？原來的都市傳說還要過生日喔？娃娃過什麼生日？買來一週年？他滿腦子都在想這些前因後果，還有爲什麼瑪莉明明打電話給阿B，現在卻來到元寶家？那可是東區到西區的距離啊！

是因爲阿B被家人保護嗎？那如果元寶也被保護住呢？奇怪了，爲什麼阿B被保護得宜就沒事，他們保護的元寶卻得落跑呢？

夏玄允越想越不對，轉身衝下來。

「洋洋，怎麼了？」夏玄允發現他竟沒有在講電話，「瑪莉沒打來嗎？」

「它生氣了，它說我們故意不幫它開門……廢話。」郭岳洋面有難色，「它在電話中吼我，說它就在外面，要我立刻開門。」

「我想喔，其實毛毛何必出去！我們只要看著元寶就好了啊，阿B不就是這樣！」夏玄允問著，「阿B那邊失敗，瑪莉才過來的對吧！」

郭岳洋深呼吸一口氣，「是這樣沒錯，但是……我們這裡很容易被破壞啊，落地窗三兩下就進得來……」

「阿B家不是也透天厝嗎！」夏玄允握住郭岳洋的手，「我們是不是自亂陣腳了？」

「沒關係……冷靜。」郭岳洋緊閉上眼睛，「等毛穎德打來，就不要讓元寶出去。」

嗯！夏玄允用力點頭，如果瑪莉不會在有他人在時出現，他們只要守好就行了。

但是……如果眞的這麼簡單，這個都市傳說是怎麼流傳下來的？

叩叩，元寶抬起頭，焦急慌忙的往門口衝，「終於來了，我想說怎麼這麼久——」

扭開門，門外空無一人。

怎麼？元寶背脊發涼，他探出去左顧右盼，連夏天他們都不在啊……那剛剛是誰敲的門？

是……他倏地瞪大雙眼，感覺到背後有刺人的視線，以及……

LINE傳進高中同學的群組裡，毛穎德剛發動機車，緊張的拿起來檢查，竟然是阿B：『各位注意，瑪莉放我鳥，它根本沒有來！那通電話後就沒再打來了！』

已經知道了！因爲瑪莉在他們這裡啊！

但屋子裡的夏玄允跟郭岳洋卻同時瞪圓雙眼看著這則訊息，瑪莉只打了一通電話，換句話說——它一開始的目標就是元寶！

糟糕！

「啊啊啊啊——」慘叫聲響徹雲霄，毛穎德倏地抬頭，聽得聲音竟在屋子後方，然後是迴音般的落地聲。

砰。

元寶從自家三樓陽台墜落，一樓的夏玄允跟郭岳洋完全不明白，待在二樓的他爲什麼會突然衝上三樓，然後從後方陽台跳下去。

與芒果不同，他是正面躍下，手腳粉碎性骨折，人陷入昏迷，雖撿回一命，但依然在危險當中；懸疑的是，他的手掌裡有幾絡金色髮絲，讓人想起影片裡的娃娃，的確是金色捲髮。

明明就在屋裡的人根本不知道發生什麼事，夏玄允也是聽見落地聲才衝上樓察看，但爲時已晚，從陽台向下望，只看見落地的元寶，其他什麼都沒有。

這下子，夏玄允幾乎百分之百確定是「瑪莉的電話」了。

「世界上眞的有都市傳說這種東西！這太誇張了！」阿B簡直不敢相信，

「一天兩個同學跳樓……」

「他們才不是跳樓！」陳玉潔用發顫的聲音說，「這種事可怕到讓我全身發冷。」

「你們是該發冷，瑪莉很積極的，它應該很快會再打給你們其中一人。」毛穎德完全沒在掩飾，「本來以爲是針對丟掉它的芒果、踢它走的阿B，現在看來……」

眼前四個人同學——大發、李仲利、阿B、陳玉潔，鐵青著一張臉抬頭看著他。

「幹！不要說那種嚇人的事！」大發第一個跳起來，「我們又不是故意的，只是打開箱子，芒果隨便丟……我們沒丟啊！」

「我那時應該多拍幾秒的！」掌鏡的是陳玉潔，「如果那時有注意到它被丟到哪裡的話，說不定我會記得撿！」

「我一開始就說不要去挖人家的地了！」李仲利馬後炮放得很響，「既然人家埋起來，一定有什麼因素在，現在、現在、現在……」

「來不及了，都市傳說就是這樣。」夏玄允淡然的回應，「這個都市傳說很單純的，瑪莉只是想回家。」

單純？所有人用極度質疑的眼神望著他，這還眞單純啊！

「眞的啦，我跟夏天研究過了，瑪莉只是想回家。」郭岳洋誠懇的看著他們四個。

「……它不認得自己家長怎樣嗎？」阿B整個不敢相信，「它是有老人痴呆還是怎樣啊，要回去就回去啊，來找我們做什麼？」

「但是它會對付扔棄它的人。」夏玄允補充說明。

毛穎德沉著聲，緊繃的身子，「我的猜測要更糟一點，瑪莉有怨，埋怨自己被丟、被關起來，我們不知道它被關了多久，但好不容易有人放它出來，第一件事又是把它丟掉──」

夏玄允跟郭岳洋不約而同的仰頭，看著在左手邊靠牆的他，難得毛毛這麼認眞的研究、推測他們鍾愛的都市傳說耶！

毛穎德接收到強力電波，採取視而不見，他都說猜了，拜託夏天不要用閃閃發光的眼神望著他……他打死都不會說出那口箱子裡陰氣瀰漫這件事。

陳玉潔立刻掩面低泣，阿B不停譙著髒話，大發跟熊似的來回踱步，跺腳搥牆樣樣都來，不爽滿載，只是去挖口廢箱，哪來這麼多事！

「靠，那現在我們該怎麼辦？」李仲利比較理智，覺得在這裡哭跟發火不是

解決之道，「總有辦法解決的吧？」

「唔……不清楚。」夏玄允沉痛的說，他眞的很痛，身爲「都市傳說社社長」，居然有朝一日會說出這種不專業的話，「對於瑪莉的都市傳說，資訊太少了。」

一旁的郭岳洋膝上放著筆記本，毛穎德由衷感到敬佩，連回老家休假外加參加同學會，他都把社團事件紀錄本隨身攜帶啊……只見他咬著筆桿，突然間看看同學，看看夏玄允，若有所思。

「洋洋一副想到什麼的樣子！」阿B就在他正對面，一個滑步單膝跪地到他面前，「郭岳洋，你快說！」

「我只是想……知道那間屋子是誰的？誰埋那口箱子？又是誰丟掉瑪莉的呢？」郭岳洋認眞的問著，「畢竟瑪莉要找的應該是原主人吧！」

醫院走廊一陣靜默，五秒之後，所有人都動了起來。

「夏天他們給我們載，車子夠，趁著白天立刻過去！」大發發號施令，「那邊離這邊沒有很遠，大概要半小時車程。」

「我們需要準備什麼嗎？」阿B盤算著，「香？冥紙？路上會經過，可以買！」

夏玄允一抹苦笑，「都市傳說跟阿飄是不同的東西，那些都沒用的。」

「所以跟白天黑夜也沒什麼太大關係……」郭岳洋溫溫的再補一刀。

並非魍魎鬼魅之屬，更與神佛無關，它們就是一種「都市傳說」，沒有動機、沒有起源，甚至絕大多數沒有解決辦法；遇到，只能說是命；逃過，就是幸了。

這句話說得前頭四個回身的同學冷汗直冒，但是他們沒有遲疑的時間，只能加緊腳步，難得有同學深知都市傳說，他們也的確破解過幾個，有生機總比死路好啊！

一行人騎著四台機車，從鄉林小道上去，越騎空氣越好，兩旁綠樹成蔭，涼風徐來罕有人煙，一個個陡彎往上，毛穎德沒想過他們居然鬧到來到這麼遠的地方挖箱。

終於，在四十分鐘的路程後，在一處類似小村落的地方停下，這帶就五間屋子，再過去五分鐘路程又有幾間，山裡都是這樣，零星散落的，不過大家算是都認識。

這棟透天厝在這區算是醒目，因爲附近最高只有兩層樓，透天厝硬生生有四層，而且建造希臘風格，柱子還是希臘柱呢！外頭圍牆圈起，腐蝕的鐵門緊閉，

但似乎阻止不了爬進來的人們，加以鐵門鏽蝕，早已被推開。

門口開在西南角，透天厝在東北角，其餘的位子不是停車場就是花園，靠近東邊一側的邊角全是成蔭的大樹跟灌木叢，所謂把娃娃丟棄的地方；下了車，沒人敢貿然進去，毛穎德站在外頭張望，看起來這麼摩登的房子，裡面的土地居然不是水泥地，而全是原土。

難怪大發他們動了掘箱的歪腦筋。

「好可怕……」陳玉潔根本不想再進去。

「喂，你們這些來挖人家土地的人說好可怕也太扯了吧！」毛穎德搖搖頭，卻伸手把急想往前衝的夏玄允擋下，「都在外面！」

「唔……」夏玄允一臉無辜，他想進去嘛！

毛穎德深吸了一口氣，踏出第一步……沙……不知道是自然風或是陰風刮起一地落葉，黃土塵跟著飄起。

沒有黑色結晶體，他轉頭看向挖掘過的土地，連在影片中看到的黑氣也不見了。

「好像沒事，進來吧！」他敷衍的說著，大步朝裡面走去。

夏玄允一馬當先走進來瞧，郭岳洋手裡的相機拍個不停，前幾天嘻鬧的開箱成員，卻反而一個個龜縮在外頭，誰也不敢越雷池一步了。

毛穎德無奈極了，「撿角，前幾天不是還很威！」

大發緊閉上雙眼，此一時彼一時啊，那時誰知道會挖出一個什麼瑪莉！

郭岳洋每個角落都拍，深怕錯過似的，毛穎德走到站在透天厝前，這裡安靜得驚人，狀況看起來的確很久沒人使用了。

「洋洋，等等把照片上傳到我們社團跟國中同學會社團。」夏玄允突然交代，「越多人看到越好。」

「好！」郭岳洋領令，「我會再加註看誰知道這間屋子發生過什麼事，或是誰住在這裡！」

夏玄允蹲下身子，就在挖出箱子的地方，那兒的土是新覆蓋的，不必鑑識小組都看得出來。

「不許挖。」毛穎德正眼不必瞧，就知道夏天在想什麼

「嗄——」哀號的居然是郭岳洋，「你不想知道裡面……」

「不想。」毛穎德立刻打斷，「瑪莉都已經出來了，管箱子裡有什麼？現在要知道的是……喂，你們不要站在外面看啊，去問問附近鄰居，有沒有人知道這是誰住的？為什麼廢棄？」

他對著大發他們說著，四個人即刻點頭，慌慌張張的跑去問在屋外乘涼的阿公阿嬤了。

而毛穎德一腳踏上玄關——一定是被夏天傳染的關係，他居然想進去。

「阿B的腳踢得眞厲害。」毛穎德放棄進屋的想法，轉身走了出來，「不說是不是眞能踢到這裡，這麼多灌木叢跟樹不會卡住嗎？」

夏玄允小跑步而至，試圖越過灌木叢往下看，「下頭是山溝，什麼也沒有。」

毛穎德與郭岳洋一塊兒蹲著察看，在灌木叢下的草地裡，他突然看見了滾動的黑色結晶體——倏地握住郭岳洋即將伸出的手，這裡瑪莉待過！

「你嚇到我了，毛毛。」郭岳洋呆然的望著他。

「誰准你叫毛毛的！夏天亂叫你還跟，你也要我叫你洋洋嗎？」這種幼稚園的叫法拜託不要再出現了。

「咳，毛穎德同學，我想拿那個……」郭岳洋指向灌木叢小枝絆住的東西——一條撕裂的蕾絲花邊，他小心翼翼的取下，毛穎德仍舊盯著在草土上翻動的黑色結晶體。

「這是洋娃娃身上的吧？它的衣服都是蕾絲，被樹枝勾到了。」郭岳洋手裡握著泛黃的蕾絲看著，再轉向密密麻麻的灌木叢，「它如果在這裡被絆住，是怎麼掉下去的？」

毛穎德也想問，那不是芭比娃娃的大小，是尊六十公分大的娃娃，這樣的灌木叢根本處處是阻礙，唯有一種方式能讓娃娃飛出去，就是高拋，但是影片中看得清楚，阿B只是隨腳一踢，根本不可能踢過這灌木叢高度，更別說還間有樹木啊！

「所以瑪莉是自己離開的吧！」夏玄允激動又興奮的說，「好不容易出來了，它得要快回家啊！」

毛穎德實在不想承認，夏天說的是最有可能的狀況。

「汪！汪汪汪！」突然激烈的狗叫聲從身後傳來，三個男孩莫不回頭，只見一隻黑色狼犬全身呈警戒狀態，在門口朝著他們吠。

更多，是朝著那箱子的位子啊。

第四章 瑪莉的追尋

「噢噢，別氣別氣，我們只是進來看看！」夏玄允一臉溫和著往前，「乖狗狗！」

「呼……」狼犬看來對溫柔攻勢不怎麼喜歡，伏低前身，做出預備攻擊的姿態。

「別惹他！」毛穎德趨前，一把將夏玄允向後扔，望著那喉間呼嚕的狼犬，「怎麼，要進來嗎？」

他順手指向地上，又得到一陣狂吠。

果然知道箱子裡有問題啊！

「威仔！」一個男人在後面喊著，「噓噓！不要吵！不要再叫了！」步履蹣跚的大叔跑了過來，狗兒即刻回到他身邊去轉著，但是警戒之心尚未消失，毛穎德瞥了眼地面，大發的確說過，連狗兒都狂吠這塊地。

「歹勢喔！」男人有著白色鬢角，頭頂光可鑑人，「啊你們怎麼可以進去啦！那是私人土地耶！」

「歹勢，大哥，你認識這個屋主嗎？我們是想來找他啦！」

「嗄？這裡沒人住很久了捏！」

「是喔，什麼時候搬走的啊？」毛穎德客氣的小跑步到大門邊，「你認識他們嗎？」

「我不知道，我去年才搬回來住的……啊可以去問阿風嬸啦，她在這邊住很久了，應該知道。」大叔拉了拉狗，「我是覺得這裡不太乾淨啦，晚上陰森森的，我家威仔動不動就朝裡頭吠。」

「喔……」毛穎德看看在低吼警戒的威仔，小心的從旁輕輕拍著牠，「乖……威仔，噓……噓……」

威仔的眼瞪著坑洞的方向，在牠眼裡，是否還瞧見了其他？

「毛穎德！」陳玉潔他們從另一頭小跑步而返，見著大叔時有點錯愕。

「鄰居。」毛穎德介紹著，「他家威仔也不喜歡這庭院。」

「噢，您好。」陳玉潔客氣的點頭打招呼，「我們問到了，說這裡原本住著一家人，做人很低調，生活過得還不錯。」

「起這麼大棟也馬知道不錯！」大叔接口，「蓋這個不少錢捏！」

「嘿呀！」夏玄允聽見陳玉潔的聲音趕緊跑出來，「有人見過他們嗎？」

「有！」大發點點頭，「都是點頭而已，他們說是一家四口，一對夫妻跟兩個女兒，沒什麼突出的事，但是有一天突然就搬走了！」

「突然？」郭岳洋拿著紀錄本寫著，「突然是指多……」

「就一天！」阿B比出個一，「超神奇的，阿嬤說前一天晚上還跟他們打招呼，隔天早上就已經搬走了！」

一夕之間？毛穎德怎麼聽就覺得不妙，「這是連夜搬家吧？什麼事這麼急？」

「沒人知道，一開始根本也沒人注意到他們搬走了，是幾天後信箱塞滿了信才留意到好像沒人進出！」李仲利往後比向某戶舊宅，「說後來男主人有回來處理信件跟鎖上大門的事，有個阿公剛好遇見他問了幾句，他只說在市中心找到更好的房子就搬過去；至於這棟，沒有要賣，自己的地，想說放著就好。」

「這叫荒廢吧？」夏玄允又回頭看了透天厝一眼，「傢俱、水、電，所有東西都放著在這裡生灰塵？未來處理起來也很麻煩！」

「阿公說他也不知道，後來有聽說有人想買地，但是卻聯絡不到男主人了，只好就這樣放著。」李仲利轉了轉眼珠子，後面的話欲言又止，交棒給大發。

「還有什麼事嗎？」郭岳洋寫到一半抬頭，恰好看見詭異的眼神。

「阿公說不乾淨啦，他們懷疑男主人殺了老婆跟小孩，一個人逃了，所以晚上會聽見女生的哭聲。」大發搔搔頭，「吹狗擂的狀況也很嚴重，但他們要報警也不知道怎麼報！」

「報警？沒證據怎麼報？」毛穎德不由得再回頭瞥了一眼透天厝，他的確有

想進去探看的衝動。

「啊！你們不要都管閒事啦！」大叔揮揮手，「人家的地盤不要進去就好了，大家住在這邊還不素相安無事！」

說得也對啦，眞要有什麼可怕的靈異現象，住在這兒的人們還能安穩嗎？

「有沒有問到這是多久之前的事？」郭岳洋咬著筆桿問。

「五……五、六年了！」陳玉潔回憶著，「這邊的人完全都沒有再見到那戶人家，阿嬤們有提起他們的小女兒喔，讚不絕口！」

「眞的！」阿B也很詫異，「我問的那個阿公也說小女孩多可愛嘴多甜，附近大家都很喜歡她！」

嗯嗯，那不是重點，重點……啊！「阿公阿嬤知不知道，那個女孩子手上有沒有常抱一個大娃娃？大隻的洋娃娃？」

此話一出，大發他們臉色個個蒼白，毛穎德問的就是他們丟掉的那隻嗎？嚥了口口水，人人面面相覷，基本上他們不會去問這問題啊！

「夏天，你們去問一下！」毛穎德讓無關緊要的人去，或許比較妥當些。

「好！」夏玄允當然是躍躍欲試，跟郭岳洋兩個人一塊兒要大發他們帶路，剛剛到底是問了哪些人。

溜狗的大叔牽著威仔走了，一時間這透天厝的範圍只剩下毛穎德。

他多拍了好幾張照片，然後再一次的踏上玄關。

那些阿公阿嬤大叔推論有理啊，連夜搬家根本像逃難吧！為什麼？六年前的晚上發生什麼事了嗎？

伸手握住大門，人眞的是好奇心旺盛的動物，他告訴自己，門如果鎖著，他就算了——咖！

鎖著。

毛穎德再用力試了幾次，這鐵門鎖得可眞緊，門廊鞋櫃後有窗，窗戶裡還用窗簾擋住，幾乎看不見裡面的樣子。

快樂的一家四口，兩個女孩，女孩子玩娃娃是正常的，但會玩這麼大尊嗎？連夜逃離，而且寧可把房子放在這兒荒廢也不願售出，好像怕被人知道什麼祕密似的……不知不覺，他看向埋有箱子的地方。

毛穎德退出玄關，仰望著這透天厝四樓，炎夏白日，他卻覺得這兒陰森寒冷。

拿出手機打算再拍，ＦＢ的訊息傳來，通知著剛剛他們上傳的照片有人回文、一堆人按讚、一長串吵得不得了。

『你們去我家幹嘛？』

一堆回文中，毛穎德瞥見了這則。

什麼！他趕緊點開來細瞧，一個茉莉花頭像的人，在他們貼上這透天厝的照片下，寫著清楚回文——他家？

『你沒看錯？這你家？你誰啊？』毛穎德迅速回應，英文名字，花的頭像，誰認得出來！

遠處傳來奔跑聲，夏天他們回來了！

「毛穎德！毛穎德！」大發的聲音響亮，「有人回了！說這是他家！」

「我看到了！」他站在庭院裡回著，「有人知道他是誰嗎？」

一票同學跑了回來，「不知道，名字跟頭像兜不起來！」

郭岳洋跑到他身邊，搖了搖頭，手上比了二十公分的長度，「妹妹抱著是布娃娃，這麼大而已，不是那種法國娃娃。」

「而且他們說的妹妹，只比那娃娃大沒多少。」夏玄允問得可細了，「才六歲。」

「嗯……」毛穎德沒心在聽，專注於手上的中社團FB，眞希望茉莉花可以快點回！

終於，通知響聲起。

『我是白俶瑛啦，那是我家啊，我以前住的地方，我怎麼會認錯！』

「白俶瑛？」所有人都看見訊息了，「我們班有這個人嗎？」

「哎唷！白醋啦！」陳玉潔立刻想起來，「記得嗎？」

男孩們瞬間雙眼一亮，哦了好大一聲：「白醋喔！記得啦，有點悶的那個女的！」

「悶還不是你們鬧的！」陳玉潔皺起眉，「你們誰誰誰沒整過她，她只是不愛說話而已！」

毛穎德記得那個女生，名字很特別，中間那個字唸「觸」的音，一開始很認眞的糾正大家發音，結果就被大家戲稱叫「白醋」；總是坐在最後一排，不太愛說話，個人風格很強，也不太愛跟大家打交道；但是他對她印象很深，因爲有一次班級性活動時，她剛好被惡整，分到組長的職位，結果卻展現出強烈的好勝心，逼得大家得照她的方式做，那次搞得全組翻臉，導師還得出來調解，最後撤掉她的組長之位。瘦小安靜的女生，爆發力居然這麼強，好勝心如此旺盛，這是他印象最深之處。

「這次同學會她有報嗎？」郭岳洋好奇的問向陳玉潔。

「沒有，她不可能來的。」陳玉潔抿著唇，在班上的日子她又不是很愉快，「活動裡的參加沒有她，當年轉學也是誰都沒說就走了！」

毛穎德立刻動手聯繫這位同學，有急事要找，看能不能留個電話。

「話說回來，這裡是白醋她家啊？」夏玄允疑惑的看著房子，「離學校很遠耶！」

「她有爸媽接送還好吧。」李仲利聳了聳肩。

「我們居然沒人知道她住在這裡……」阿B有點尷尬，「所以我們……挖了同學家的地！」

幾個人面面相覷，往好處想……可能或許未來追究起來時，同學間還好說話。

「走吧！」毛穎德突然往外走。

「咦？就這樣？」大發不解。

「都已經知道是誰家了，在這裡也沒用啊！」毛穎德逕自向外走去，「我跟白醋約好了，晚上見面。」

「哇！」李仲利發現毛穎德行動力好強，「這麼快，她在附近嗎……」

「都市傳說這種事是跟時間賽跑，要不然等瑪莉來嗎？」夏玄允嚷嚷著，眞的不瞭解狀況啊！

這句話讓開箱者都打了個寒顫，對，速戰速決最好！

「最好能快點找到那個娃娃，然後……然後……燒了它！」大發咬緊牙關的說，他不想如此恐懼！

「燒？」郭岳洋用無邪的臉笑著，「我覺得它一樣會從火裡走出來，慢慢走回家！」

「呀！」陳玉潔一聽全身發毛，「不要再說了！」

餘音未落，手機鈴聲響起。

每個人都緊張的看著自己的手機，聲音來自於阿B。

他顫抖的握著手機，臉色慘白看著螢幕，哀怨的朝夏玄允一瞥——噢噢。

「不明來電……」他身後的李仲利嚥了口口水，「要接嗎？」

「不接不代表沒事！」夏玄允還有空安慰人家，「搞不好是詐騙集團。」

按下接聽，擴音鍵，阿B每個字都吐得難受，「喂？」

『……哈囉哈囉，我是瑪莉，你現在在哪裡？』娃娃音登時傳來，『我快過橋了！』

是瑪莉！阿B忍不住大喊，「妳不要來找我！不關我的事啊！」

『我是瑪莉，我快走過橋了！』瑪莉根本沒在回應他。

「我才不要！」阿B怒吼著，把手機切斷。

毛穎德立刻回身，「橋？它說什麼橋？郭岳洋。」

郭岳洋只聽見自己的名字，立刻就拿出手機，調出電子地圖。

「橋……我家……我家附近有橋嗎？沒有啊！」這次換阿B錯愕了，「它會不會打錯了啊？」

「都市傳說不會錯的。」夏玄允挑起嘴角，不知道在驕傲什麼勁咧！

「啊……是黑水橋嗎？」大發像是想起什麼似的，「要去你家，得經過黑水橋！」

阿B立刻搖頭，「哪有！我們平常都沒經過啊，明明直行一條路就上了，除非是從——」他怔住了，臉色轉青。

「除非是從市區過去……換句話說，」陳玉潔幽幽出聲，「瑪莉是從元寶家前往阿B家的方向……」

沒有人知道順序是什麼，但是依照瑪莉行經的路線，自市區往靠近市郊的阿B家，的確必須經過黑水橋；所謂黑水橋，也只是一座短短的小橋，一條圳溝而已，石橋僅一公尺寬，上頭雜草叢生，多數人在外面的馬路就會先選好邊了。

「不……我不要死！」阿B歇斯底里的衝向毛穎德，「毛穎德！救我……夏玄允！你們幫幫我，我不想要被瑪莉殺掉！」

「冷靜點……」毛穎德趕緊扶住他，「你求我們也沒用啊，我們又不是神！」

「還是快搞清楚瑪莉的事吧！」夏玄允拍拍阿B，「跟白醋約幾點？」

「六點，在得意茶坊。」

「為什麼不現在啊!?」阿B喊了出聲，「現在才早上十一點，剩下幾個小時我怎麼辦啊——」

「白醋不在這裡，要傍晚才會回來，你急也沒用。」毛穎德嘆口氣，「只能好自為之了，走吧！」

好自為之，開箱的四個人莫不冷汗直冒，不由得望向那片空著的黃土地……當初，他們究竟哪根神經燒斷了，要去掘人家的地啊！

瑪莉，拜託妳不要來！

隆隆引擎聲由遠而近，剎地碾過了莫名其妙的東西，騎士緊急煞車，在水泥地上留下深深的煞車痕。

「搞什麼啊？」騎士掀開全罩安全帽的面罩，望著剛剛碾到的東西，「是哪裡突然跑出來的？」

抓起一具破敗的娃娃，像法式古典娃娃那種較大型的擺飾品，只是看上去又舊又髒，因為剛剛這一碾，腰部好像裂了，著地磨擦的臉變得更醜。

「有點擋路耶！誰把它扔在路中央的？」騎士邊說，左顧右盼的想找個好地方扔，「……就那邊吧！」

臂力十足，一拋扔就把娃娃扔離路徑的遠方草叢裡去。

重新轉動油門，機車帥氣的揚長而去。

『唔……』趴在草堆裡的娃娃，吃力的撐起身子，腰部裂開的它，走起路來更不方便了，『呼……呼，為什麼……為什麼不要瑪莉了？』

嘿唷！它使勁還是站了起來，歪歪斜斜的撥開草叢，它現在在哪裡了呢？

『我是瑪莉，我現在在草叢裡……』娃娃邁開詭異的步伐，嘿咻嘿咻、嘿唷嘿唷。

第五章 瑪莉的主人？

白俶瑛，讓大家見證了女大十八變。

國中那個陰沉的、寡言的女孩，現在卻是穿著深V緊身上衣、超短熱褲、染著一頭棕髮挑染紫色、淡妝還有張艷紅朱唇的女人。

渾身上下散發著性感，在這純樸地方，一出現就讓人目不轉睛。

「夏玄允！郭岳洋！」她一進來就看見顏值比較高的兩位萌系男，「你們怎麼都沒變啦，居然還是這麼可愛！」

夏玄允跟郭岳洋分別跟她熱情的打招呼，接著她目光移到了毛穎德，「毛穎德，嘿！好久不見！」

語調沉穩許多，她張開雙臂，要個擁抱。

「嗨。」毛穎德禮貌的與之擁抱，感覺得出來，她洋味很重。

擁抱後，她瞥了一眼坐在桌邊的其他同學，眼神冰冷很多，「我昨天才回國耶，還在調時差，就這麼急著找我？噢對，你們去我家幹嘛？」

「回國？妳在國外唸書喔！」夏玄允好奇的問，「感覺都不一樣了。」

「嗯啊，國中就去了。」她勾以微笑，「在那邊文化截然不同，我可以做我自己。」

連夜搬家，接著又出國嗎？毛穎德在心中暗忖，真的超像逃難！

「那個……妳家以前有發生過什麼嗎？」阿B心急，劈頭就問。

這讓白俶瑛皺起眉，問這什麼問題啊！「發生什麼事？」

「妳家門口……」

「阿B！太急了你！」夏玄允冷不防打斷他，「你這樣白醋根本搞不清楚狀況！」

「對啊，莫名其妙說我家發生過事？沒有啊！」她不太高興的扯扯嘴角，服務生送上她點的珍奶，「唉，珍奶耶，好想喔！」

「我們現在跟妳說一件事，妳不要緊張，慢慢聽喔！」夏玄允笑彎了眼，用無敵的天眞面對著她，「就是他們啊……」

氣氛隨著夏玄允的訴說逐漸凝結，原本在白俶瑛嘴角的笑容也在消失中，她戴著假睫毛的雙眼越瞪越大，直到郭岳洋準確遞上手機，讓她看完「開箱錄影」。

「所以芒果跟元寶都……」她看著螢幕暗去，有點吃驚。

「很遺憾，元寶今天下午走了！芒果依然還是腦死狀態。」郭岳洋把手機收回，「那個箱子是你們埋的嗎？裡面的東西……」

「不是，我不知道有埋過那個東西。」白俶瑛立即否認，「還有那個髒髒的

娃娃，不是我的娃娃！」

什麼！毛穎德驚訝的趨前，「還是妳妹妹的？」

「我媽最討厭那種娃娃了！我們家才沒買！」她皺起眉，「屋子跟地是我以前的家沒錯，但那口箱子——不關我們的事。」

別人埋的……毛穎德有種虛弱的感覺，這下不是更糟了嗎？連最後一條線索都沒了。

「嗯……會不會是妳爸媽埋的，但是妳不知道呢？」此時，夏玄允提出別的論點，「裡面的物品，妳沒有一個有印象嗎？」

白俶瑛用力的搖搖頭，「如果我爸媽埋的我有可能不知道啦，但是箱子裡的東西我全都沒見過。」

桌子對面的四個人忍不住發抖，「如果……如果是別人埋的那怎麼辦？我們、我們……」

「那個瑪莉的都市傳說是眞的嗎？」白俶瑛好奇的問，滿腹懷疑。

「都死了妳說呢！」阿B低吼著，「它剛剛也打給我了！」

白俶瑛直起身子，不安的看著同學們，「你們好怪喔，這麼久沒見面，突然找我出來就談這件事……」

「抱歉，真的情非得已，因爲開箱的人感覺都會出事。」毛穎德吟沉著，

「其實還有一個人，或許那是她的東西……妳妹妹……」

「哈！」白傲瑛直接大笑，「拜託，我們搬離那邊時，她才幾歲，怎麼埋啊！我看不如問我爸媽來得實在！」

「那好，可以拜託妳嗎？」李仲利趕緊誠懇的拜託。

白傲瑛突然收聲，面有難色，「不是不幫，但現在有點難。」

「什麼意思？」

「他們現在在夏威夷度假，明天才會飛回來，我們明晚再說如何？」

阿B一口氣差點上不來，明晚！他撐得過明晚嗎？

「它就要來了……我該怎麼辦？」阿B失控的伏上桌，「一旦到我家，我能躲到哪裡？」

「跟昨晚一樣，請家人保護你吧！」夏玄允提出了建議，「瑪莉都是在無人時下手，跟家人商量睡在同一間，接完它在門口的電話後就請它離開。」

「有效嗎？」郭岳洋主動問。

夏玄允聳了聳肩，「不知道啊！瑪莉的傳說沒有下文啊！沒聽過破解法。」

這一點都不是在鼓勵人吧？毛穎德只覺得頭疼。

「現在……瑪莉是不是早該到阿Ｂ家了？」陳玉潔覺得時間很晚了，「但是早上那通電話後，瑪莉都沒再打來！」

「它不打我更毛骨悚然……啊啊，還是它知道我在這裡，所以趕過來了？」阿Ｂ急得都快哭了，「我眞的不想死，我不想……」

白俶瑛皺起眉，被這場面弄得不太舒服。

「你們好怪，我要走了。」她直接站起身，「箱子的事我會問我爸媽，他們如果看到訊息或許會先回……其他的事我搞不懂！先走。」

才起身，樓下剛好奔上一帥氣的騎士，全身紅白交錯圖案的重機勁裝，頭還戴著繪有火焰圖案的安全帽，戴著皮手套的手握著手機。

白俶瑛哇了一聲，看到一身緊身皮衣的身材，是女的耶！身材眞好，而且好帥！

「我餓了！」騎士摘下安全帽，烏黑馬尾甩動，「這家好吃嗎？」

見她從容不迫，直接掠過白俶瑛，就著她剛離開的位子坐下來。

一票學生瞠目結舌，還沒回神之際，夏玄允跟郭岳洋已經跳起來了，「小靜！」

狠瞪送上，夏玄允飛快地擠出笑容，「馮同學。」

「妳怎麼來了？」毛穎德慢了幾秒才站起，「不是叫妳不要來嗎？」

「為什麼不來！這裡環境不錯啊，好山好水！」她邊說，一邊注意到坐在對面的四個學生，「喔喔，同學？」

「嗯。」毛穎德握住她的上臂，「妳換一桌啦，我們在談事情。」

馮千靜挑了挑眉，她就知道有事瞞著她，抽起右手甩開他，沒有要移動的意思。

氣氛變得很奇怪，唯夏玄允跟郭岳洋開心的把旁邊的空桌子拉過來，要併桌讓大家坐得更舒服些，因為白傲瑛一看見馮千靜立刻返回，也說想吃點東西了。

「談什麼這麼認真？」馮千靜懶洋洋的問，一邊參考著菜單。

「他們去挖我家的地，挖出一口箱子，把裡面的娃娃不小心弄丟了，就說是什麼瑪莉！」挨在她右邊的白傲瑛倒是很熱情，「跑來問我那是不是我丟的娃娃，我又不玩娃娃！」

她沒留意到，馮千靜翻閱菜單的手變慢了。

她的呼吸變得有些急促，眼神瞄向右手邊的毛穎德。他一臉無奈，「就叫妳不要來了！」

「你們不是來參加同學會嗎？來度假？」她啪的蓋上菜單，砰一聲往桌上一擊，「這樣也能遇到都市傳說？」

「沒有喔！這次不是我們！」夏玄允跟郭岳洋簡直異口同聲，指向她對面的四個，「是他們！」

馮千靜倏地看向他們四個，這四個人尚在錯愕之中。

「有不一樣嗎？你們介入了！」她立刻起身，抓了安全帽就要閃人，「我先閃了。」

「小……馮千靜馮千靜！」夏玄允連忙上前阻止，「妳留下來幫我們！」

「我不要。」

「妳有安定軍心的力量啊！」夏玄允說得太實在了，郭岳洋都忍不住起立鼓掌！

「好了，別鬧她！」毛穎德趨前把夏玄允拉開，「不要把她扯進去，她下個月還有比賽！」

可是……夏玄允很失望的望著她，有小靜在，他們眞的安心很多。

「她也知道都市傳說喔？」白俶瑛咬著吸管好奇的問。

「她是我們的創始社員之一喔！」郭岳洋自豪的介紹著，「馮千靜，馮同學！」

噢……原來是「都市傳說社」的啊！

現在這當口，毛穎德跟馮千靜正在低語，他們靠近彼此說話，看上去有些親暱。

「沒房間!?不是說好要我住你阿姨那邊？」她萬分不爽，「你們在搞什麼啦！」

「現在就我同學有事，我連我阿姨家都還沒去！」毛穎德很無辜，「妳可不可以先去住旅館？我們這邊搞定就走！」

馮千靜深吸了一口氣，瞪著他，再回頭瞪向夏玄允跟郭岳洋，「你們很扯耶！」

說完，她帥氣的旋身走回桌邊，重新坐了下來。

「我要一個泡菜鍋。」她唸著，「哪個都市傳說？」

郭岳洋即刻起立去點餐，夏玄允開心的遞上手機，先讓她看一下開箱錄影……

馮千靜邊看手機，一邊看向手機背後四個學生。

「挖人家土地有經過允許嗎？」

「沒有。」白俶瑛接口俐落。

「爲什麼無緣無故要去挖啊？」這令人費解，馮千靜托著腮繼續看著，然後

眼睛突然瞪了圓，「咦！那個娃娃！」

什麼！所有人倏地看向她。

「妳認識？」夏玄允亮了雙眼。

「我在來的路上碾過一隻娃娃，就長這樣啊……再慘一點啦！」她讓畫面定格，「對對對，就是它沒錯！」

毛穎德緊張得喉頭緊窒，深呼吸……「妳、碾過它？」

「嗯，我騎過一條圳溝時，不知道爲什麼突然撞到它……好像是它衝出來似的，把這麼大隻娃娃扔在路中央就是不對！」她端詳著臉部磨損的娃娃，就是這尊沒錯，連衣服都一樣髒，「我後來把它扔到後方的草叢裡去，總不好丟在圳溝中對吧？」

在場沒人接話，大家只聽見關於她碾過瑪莉的事。

「所以瑪莉還沒打電話給阿B，是因爲它遲到了！」夏玄允若有所思的說著，「小靜，有碾得很慘嗎？」

「腰部好像裂了，你知道那種娃娃不是布做的。」她回答到一半，不安的瞄向螢幕，「你們是說，這位是瑪莉？都市傳說？」

「嗯，它應該要經過黑水橋，然後去阿B他家的。」李仲利緩緩的說，「我們才覺得奇怪爲什麼一直還沒到……」

「娃娃去找你做什麼？」馮千靜完全狀況外。

毛穎德丟了個簡單版解解，馮千靜越聽眉頭越緊。

「莫名其妙，要回家就回家，爲什麼要拖人跳樓？」馮千靜的重點永遠都跟別人不太一致，「這傳說有什麼背後因緣嗎？」

「沒有，很短，資源資訊都非常少！只知道它會拼了命的回家。」毛穎德瞥了阿B一眼，「下一個是阿B。」

馮千靜不解，「你的娃娃？不是的話它去你家做什麼？」

「兩個同學出事了，事前也都接到瑪莉的電話。」大發皺起眉，「開箱的人可能都……」

「噢，跟Mummy那部片很像啊！」馮千靜脫口而出。

嗯？走回來的郭岳洋愣了一下，「什麼意思？」

「The Mummy，開棺的人不是都要被印何闐吸乾！」馮千靜回首看著走來的他，「我等等給你錢。」

郭岳洋趕緊衝到桌邊拿起筆記，夏玄允不敢吵他，因爲細心的郭岳洋一定是發現了什麼端倪！

郭岳洋抱著本子到旁邊坐下，沒人敢打擾，服務生不一會兒送上馮千靜的餐點時，他都沒有再說話。

「妳騎重機來喔？」毛穎德還有空跟她閒聊，「萬一……」

「只有你們三個才有萬一。」她咕噥著，「我是要來度假的，你們怎麼又搞個……」

毛穎德伸手往對面指，他們，只是身為國中同學，總不能見死不救吧！白俶瑛好奇的一直看著馮千靜，也想聊天，只是她不怎麼搭理，一張桌子上有著多種情緒與交雜的聲音。

直到阿B的手機再度響起。

這一次，來電顯示清清楚楚：「瑪莉」。

阿B戰戰兢兢的按下接通與擴音鍵，馮千靜吃鍋的速度也慢了下來。

「喂。」

『我是瑪莉，我、我看到招牌了！』

唰！幾乎所有人……除了馮千靜都跳了起來。

「它在附近！它過來了！」阿B失控的亂叫，一屋子客人蹙眉側目，「我要去一樓！我得去……」

「對，不要再待在二樓了，不然會跟芒果一樣！」李仲利推著阿B下樓，「一樓人這麼多，我就不信它能怎樣！」

「它不會放棄的。」郭岳洋站了起來，「不管情況如何……」

要下樓的他們，不由得朝他看去。

「不是開箱的問題，是丟棄的問題。」郭岳洋語重心長，眉頭深鎖，「凡是把瑪莉丟掉的人，它一個都不會放過……要處理完捨棄它的人，最後才回家。」

因爲，家人也丟掉它了。

當初一同開箱的六個人，都是丟掉它的人之一……然後，夏玄允的眼神落在了安然吃鍋的馮千靜身上。

「我的天哪……」毛穎德想起來了，「妳剛剛又丟了它一次！」

呃……馮千靜送肉入口怔愣，這什麼意思？

「小靜！」郭岳洋擔憂的望著她，「妳也是丟棄它的人之一啦！」

馮千靜蹙眉，「所以呢？它自己要在路中央擋路的，很危險耶！懂不懂事啊！」

不懂事，就是不懂事才能叫都市傳說啊！

「煩！」她放下筷子，「那個你，我送你回家！」

「那個你」指的是阿B，馮千靜抄過安全帽，三步併作兩步的往樓下衝，毛穎德飛快的追上去，她是在幹什麼啊？

「馮千靜！妳要做什麼？」

夏玄允第一時間往露台衝去，由上而下看看瑪莉現在走到哪裡了！

「我載他回去比較快，那娃娃從這裡再走回到他家，應該也要段距離吧！」她已經衝出店門，跨上重機，「多少爭取點時間！」

噢噢噢！郭岳洋立刻擊掌稱是，好不容易走到這裡的瑪莉，現在又得折返回去，一整天南來北往的走，的確可以爲阿B爭取時間。

「阿B你記住，一定要在人多的地方！」重機要離開前，郭岳洋還在後面吼著。

人多的地方……大發緊張的握緊拳頭，他、陳玉潔都是一個人住，李仲利雖然不是，但是他爸媽都很晚下班，家裡就剩個哥哥跟奶奶。

這樣要怎麼湊人多啊？

「你們也都走吧！」毛穎德對著其他同學說，「今晚趁機睡個好覺吧！」

至少今天，今天瑪莉或許不會到他們家去。

同學們低氣壓的跨上摩托車一一離去，大發問他們沒交通工具怎麼辦？夏玄允要他不必擔心，他們了不起叫計程車就好；毛穎德煩惱的是今晚的住宿，元寶出事後，他們也不可能再去元寶家住了。

「趁早去我阿姨家吧！」毛穎德作了決定。

「可是這樣子明天要到這裡要很久耶！」夏玄允知道他阿姨家離這裡有一個多小時的路程，「萬一有意外，根本來不及……」

唉，他知道啊，但是他可沒預算住旅館。

「住我那邊好了！」女孩爽朗的聲音響起，「我開車來的，我家是別墅，房間多得很！」

三個男孩莫不驚愕的看向她。

「反正我爸媽回來後你們也有問題要問不是！」白俶瑛大方極了，「就等那個馮……馮千靜同學回來吧！」

全世界只有她最愉悅，轉身上樓繼續吃她的繪飯。

三個男生面面相覷，她好像對小靜異常的有興趣啊……毛穎德緊鎖眉頭，望著黑暗中急駛的車尾燈，他極其不願意拖馮千靜下水的啊！

「喂！同學，我手機又響了！」後座的阿B大吼著。

「接啊！」

阿B萬分不甘願，但還是接了起來，「喂——」

『沙沙……我是瑪莉，你要去哪裡？我……我追不上了！』

它在後面？阿B驚恐的回頭，只有黑暗的小路，其他什麼都看不見！

『爲什麼要丟掉我!?爲什麼不要我!?』瑪莉的聲音變得哽咽，『我會找到你的！你放心，我一定會回家！』

「我家不是妳家！妳找錯了！」阿B痛苦的咆哮著。

馮千靜聽不見他們的對話，但從阿B的態度反應看來，瑪莉打來的電話讓人十分不快。

她騎術精湛在小路中彎拐，按著阿B的指示，抵達了他家。

「謝謝……」阿B哭過了，眼睛紅紅的。

「嗯，好好聽夏天他們的指示吧……雖然我不喜歡都市傳說，但他們有他們的一套。」馮千靜淡淡的說，扭轉龍頭，急馳而去。

她在盤算著，如果路上能遇到那尊娃娃，一定要再碾它一次！

第六章
緊追不捨

今晚的住所根本是豪宅，不但一人有一間房，而且還是三層樓、一層有八十坪的超大房子。

他們每個人的客房都有十坪大，睡起來反而很不習慣，平常在學校旁的租屋處，再大也只有六坪大小啊！白傲瑛安排他們在一樓，她自己的房間在二樓，載他們回來前，已經請佣人先打掃過了。

「你之前知道白醋家這麼有錢嗎？」毛穎德到夏玄允房間去，低聲問著。

「國中時我跟她不熟啊！」夏玄允搖搖頭。

「但是全班都知道你家很有錢啊！」毛穎德說得理所當然，怪了怎麼就對白醋家境沒印象。

「炫富。」馮千靜從門口走進，「夏天不知道低調。」

夏玄允一臉受傷模樣，「我哪有！我從來不炫富的！毛毛，你跟我一起長大的，你知道……」

「好好，我知道！因為你根本不知道那叫炫富……」毛穎德拍拍他的肩，一個國中生搭賓利上學、制服是訂做的，所用所穿都是高檔貨，在夏玄允的世界那叫理所當然，當然不是炫富。

不過他個性也真的不是富家公子的驕傲，就是外表看起來的模樣，天真熱

情，毫無架子。

「一個人住這麼大的屋子眞詭異，說話都有回音。」馮千靜好奇的來看看大家各自的居所，「不過我聽她說長年在國外？」

「嗯，我們也是剛剛見面才知道。」毛穎德不安的看向她，「妳有帶手機吧？」

「我不想接瑪莉的電話。」她乾淨俐落，「爲什麼要由它擺佈！」

「不是由它擺佈，是至少知道它在哪裡！」郭岳洋從廁所步出，連客房都是套房，「這樣我們才好做準備啊！」

「做什麼準備？我聽毛穎德說根本沒人知道瑪莉要怎麼對付！」馮千靜異常的不耐煩，「我連香檳都帶了，是來慶功的耶，搞什麼瑪莉！」

毛穎德只能嘆氣，就叫妳不要來了啊！

「大家都安頓好了嗎？要不要吃蛋糕？我今天叫人送來的！剛好大家可以吃點心！」白俶瑛的聲音在樓上喊著。

香檳配蛋糕，不錯，馮千靜立刻就走了出去。

「可以參觀一下嗎？」夏玄允突然擦過她身邊，一馬當先，「房子好漂亮耶！」

「可以呀！」白俶瑛把冰箱門關上，帶著大家往樓上走去。

毛穎德跟馮千靜對視一眼，夏玄允這麼做有什麼目的嗎？

白俶瑛的家非常豪華，細長房型的屋子，首先進門後有玄關，脫鞋後旁有精美鞋櫃，踏上約七公分高的木板地就是前廳長廊，地上鋪著金線綴邊的紅毯，一張大理石圓桌就擱在面前，上面花盆插著鮮花，繞到桌子另一邊看，方能看見花瓶擋著的家用電話、面紙盒及鑰匙盒。

兩旁都是巨大的圓柱，應該也是撐起整棟建築的主樑，右手邊是上樓的迴旋樓梯，左手邊先是餐廳與廚房，再隔壁則擺了紫絨沙發；右手邊樓梯後方的空間便是客廳，也是走洛可可風格的寬敞。

比較妙的是，離門口大約十公尺的距離後面，才是客房、臥室等等地方，所以一樓中間有厚重簾子象徵一種分界，馮千靜等人就睡在那簾子後方的客房區；而二、三樓呢？則是樓中樓的概念，但是都刻意做了個樓中樓鍛造挑高圓弧平台在屋子中央。

簡單來說，就是在一樓長廊往上看，那個圓弧平台便與長廊一般寬，二、三樓平行，看起來挺像個演講位子的！

挑高的圓弧平台凸出，半圓的部分還是精細的金屬雕花欄杆面，如果是貼在門口往上看，就可以看見那圓弧平台上，也放了跟一樓廊上相同的大理石圓桌，上頭也有一盆花。

真是講究啊……馮千靜順著樓梯一上二樓，就可以看見那個圓弧平台圓桌在面前，往右邊才是寬敞的房間及寬廊。

大家一間跟著一間的參觀，主臥室寬敞到還有很多女孩夢寐以求的穿衣間，就連白俶瑛的房間也有二十坪，從窗簾到桌子看得出都相當講究，只是……

夏玄允站在走廊上，「妳妹妹也住這裡嗎？」

「妹妹嗎？她沒回來，她很少回來的。」白俶瑛聳聳肩，「她在二樓左邊的末間，個性很酷的，平常就不喜歡人家進她房間！」

喔喔，「剛剛上面掛生人勿進牌子那間嗎？」郭岳洋有印象！

「對對對！」白俶瑛立即點頭，「在國外時，偶爾回家過節也一樣，她的房間禁入呢！

「是喔，這個是妳妹嗎？」夏玄允站在二樓的圓弧平台上，圓桌上擺著兩個女孩的照片。

「對啊，很可愛吧！她超級機靈，大人都很喜歡她呢！」白俶瑛拿起照片，笑望著照片裡小時候的自己跟妹妹。

沒有一張照片有娃娃。

他們都知道夏天的目的了，不只是觀察照片，還有房間，就連白俶瑛的房間裡，都沒有洋娃娃，最多都是動物或是卡通人物的布偶而已。

但是如果主動說想看她妹妹的房間，似乎又不是那麼禮貌，而且剛剛人家都講了，原主人討厭別人擅入啊！

「那妳有任何一個娃娃曾取名叫瑪莉嗎？」毛穎德問著。

「我……」白haven瑛原本想直接否認，但是卻突然有些遲疑。

她皺起眉，望著桌上的照片，瑪莉瑪莉，她怎麼突然覺得這名字有點熟悉？

「我不知道……」

「不記得了嗎？」郭岳洋溫和的說著，「也是，小孩子娃娃何其多，哪有每個都記得！」

郭岳洋真是溫柔，像瑪莉那種大型的古典娃娃，很少人會不記得吧！他只是不希望造成白haven瑛太大的壓力而已。

「我……」她突然壓著太陽穴，感到一陣刺痛。

倏地蹲下身子，這讓大家嚇了一跳，郭岳洋趕緊趨前，怎麼話說到一半不舒服了？

許多雜亂的影像進入白haven瑛的腦海裡，她困惑的壓著頭，再看向郭岳洋，「我……我不記得！」

「不記得就不要勉強了！」郭岳洋安撫她，只是隨口問，犯不著這麼努力吧！

「不是……我記不起來我有過哪些娃娃！」白俶瑛顫抖著說，「但我剛剛腦子裡出現那個娃娃的印象！」

咦？所有人先是錯愕數秒，然後夏玄允趕緊蹲到她另一邊去，「妳有看過瑪莉？」

「好像……很片段的畫面，但是它、它應該是很精緻美麗的，不是那個髒醜的樣子！」白俶瑛咬著唇，努力的回憶，「臉頰紅紅的，笑起來很可愛，衣服很華麗……很新穎……」

「再破爛的東西都有全新的時候。」毛穎德沉著聲，暗自握拳，「所以，那個瑪莉眞的有可能是妳的了！」

白俶瑛詫異的抬頭看向他，在郭岳洋及夏玄允的攙扶下踉蹌起身，她撐住圓桌緣，臉色並不好看。

「我不懂，我怎麼會不記得……」她喃喃自語，「我不記得我有過哪些娃娃，我……」

眼尾瞄著桌上那禎照片。

她眉頭越皺越緊，像是拼了命想回想什麼，但是又想不起來似的。

「我不記得小時候……」她邊說邊搖頭，「片段的，我們在玩、我們……天哪！」

她突然捧著頭，又蹲了下去，好痛！她的頭好痛！

「毛穎德，請你去廚房倒一杯溫水！」郭岳洋立刻回頭，「夏天，我藥包裡有阿斯匹靈，幫我拿過來！」

「好！」夏玄允一聽立刻跳起來，急忙往一樓奔去。

哇！馮千靜倒是訝異，郭岳洋隨身還有醫藥包喔，眞是個好幫手。

「妳出過意外嗎？白醋？」毛穎德不解，「曾經喪失過記憶？」

白俶瑛沒辦法回答他，她現在頭痛欲裂，幾要抓狂！

馮千靜拽拽他的手，示意往樓下走，別忘了他得倒杯溫水啊！毛穎德只好隨著她下樓，只是這樣的突發狀況，讓他心裡更不安。

「她記憶不清，卻看過瑪莉，妳知道這代表什麼意思嗎？」毛穎德在廚房按下飲水機按鈕。

「代表箱子是她家的、瑪莉可能也是她的。」馮千靜挑了挑眉，「這裡才是瑪莉眞正的家。」

「正是。」毛穎德覺得不可思議，「幾個小時前她還斬釘截鐵的說不認識那個娃娃，現在居然頭痛，還看過瑪莉嶄新的模樣！」

「唉，都市傳說每次都這樣，亂七八糟的，我懶得管。」馮千靜非常泰然，「我只想知道，瑪莉會找我嗎？」

毛穎德端著水回身，面有難色，「妳知道我對都市傳說沒這麼熟的，只是依照夏天他們的推斷，如果凡丟棄瑪莉者就會被瑪莉找上……」

「誰叫它要走路中央！」馮千靜不耐煩的唸著，「過馬路也得看車啊！」

「它是都市傳說，可能不太知道這個常識。」毛穎德還很認眞的幫瑪莉開脫。

他們趕緊重回二樓，白俶瑛連走都沒辦法走，被郭岳洋攙扶回房間，服了阿斯匹靈後躺下，一邊還在呻吟的頭疼，郭岳洋只能好生安撫，服了藥過一會兒應該好了。

每個人都藉機進去，仔細的看一圈她的房間，剛剛只站在門口望嘛！

白俶瑛的房間裡有一區玩偶櫃，都是布娃娃，完全沒有陶瓷娃娃那類的精品，幾尊芭比看上去也有點年代，穿著華麗的在櫃子裡擺出舞會的姿勢；櫃子裡放了許多照片，童年的照片大部分是她與妹妹、父母親的合照，長大後都是她一個人的照片，但也不多，畢竟不是生活在這兒。

過了一會兒，白俶瑛不再喊疼，大家便輕聲的退出她房間。

「娃娃是她的。」夏玄允一關上房門就說了，「瑪莉遲早會回來的。」

「它為什麼不直接回來呢？」馮千靜討厭麻煩，「這樣不是最快？為什麼要去傷害其他人？」

「這裡是它最後的歸屬啊！其他把它丟掉的人，瑪莉都要去……討個公道！」郭岳洋有點難受，「誰都不該把瑪莉丟掉的。」

誰丟了瑪莉，瑪莉就丟掉誰……的命嗎？這個都市傳說一直讓他覺得毛骨悚然，總覺得在接與不接電話間掙扎，但是到最後，瑪莉根本無孔不入。

「今天暫時不會有事對吧？」馮千靜突然旋身，「我不想被破壞氣氛，我可是來慶功的！」

噢噢，對啊，小靜在七月的格鬥賽拿到冠軍了！身為粉絲的郭岳洋即刻跟上前，「我來切蛋糕！」

毛穎德只能搖頭，她確實是來慶祝的，別掃她的興比較好。

「為什麼要跑來慶祝呢？」不來，就不會遇上瑪莉了。

「擔心了？」夏玄允在旁邊冒出一句。

毛穎德愣了一下，轉頭斜睨他一眼，「說什麼！」

「我說你，擔、心、了。」夏玄允笑得有點可憐，「唉，毛毛全心的擔心我們家小靜……」

「喂，胡說八道什麼！」毛穎德嘖了一聲，不耐煩的疾步下樓。

「是不是胡說八道你自己知道！」夏玄允吐了吐舌，「打從她一出現啊，你脾氣就特別壞，就因爲她跑來了！」

你擔心她又會被捲進這件事裡！

事實上學校剛放假起毛毛就這樣，他跟郭岳洋提出要叫馮千靜一起到他們故鄉玩，毛毛第一個反對，因爲毛毛覺得會帶給小靜困擾、徒增麻煩，每一次度假都變成冒險跟受傷，最後都得進醫院。

毛毛一直叫他們不要講，雖然最後小靜拒絕了，毛毛回宿舍後還是明顯的擺出不悅的姿態，認爲他們不該提；接著當小靜下午在餐廳出現時，毛毛臉色比誰都難看！

就是擔心嘛！

毛穎德假裝沒聽見，他知道夏天在想什麼，不給他做文章的機會，就是什麼都別說！

他當然擔心馮千靜，自然不希望她被倦入，因爲很多事情……絕大部分都是夏天跟郭岳洋自找的，跟危險與都市傳說糾纏這種事，有他犧牲陪他們一起犯難就算了，何必每次都讓她一個女孩子跟著犯險？這不對！

更何況她是格鬥選手，身體是多重要的資產啊！有保險也不能這樣搞啊！

就拿上次試衣間的傳說來講，萬一最後是馮千靜沒逃出來，那下場是什麼？永生永世的消失耶！

天哪！他眞討厭都市傳說！

他們回到一樓廚房切蛋糕，馮千靜拿出自己帶的香檳，還在櫥櫃裡找到可以搭配香檳的水晶杯，只是可惜了主人，現在因不明原因頭疼躺在臥房裡。

「妳不是送阿B回家嗎？路上那個瑪莉有再打去嗎？」夏玄允好奇的問。

「有，騎沒多久就打來了。」面對夏玄允跟郭岳洋發亮的眼神，她只是揮揮手，「我沒問他講什麼，我就是負責載他到家。」

夏玄允立刻垂頭喪氣，塞入一口蛋糕。

「那……」果然還是郭岳洋細膩，「妳回程時有遇到瑪莉嗎？」

馮千靜手持高腳杯，「我就是在等！我想說回程看到它，一定毫不猶豫的再碾斷它一次！」

呵……毛穎德忍不住笑起來，她大概是想把娃娃碾斷，瑪莉就沒辦法這樣趕

路了。

「沒遇到嗎？」夏玄允把玩著叉子，「大概太熟悉妳的重機聲了，要是我是瑪莉喔，我也會繞路！」

「哈哈哈……」郭岳洋還能輕鬆的笑，毛穎德有時都感到佩服，等等又要被壓制了！

馮千靜挑了挑眉，喜歡這種恭維。

毛穎德啜飲一口香檳，他沒記錯的話，從餐廳通往阿Ｂ家只有一條路，ONLY ONE。

如果返頭的馮千靜沒有遇到瑪莉，那，它能走哪條路？

「阿Ｂ！我們都準備好了！」阿Ｂ媽媽慶幸昨晚就封好的窗戶，今天還沒拆，剛剛兒子鐵青著臉回來，告訴他們匪夷所思的「都市傳說」今晚眞的會來。

秉持著寧可信其有的想法，加上兩個同學已經一死一重傷，所以家人們不敢怠慢，阿Ｂ父母加上一雙弟妹，一家五口人數足夠，約好就在主臥房裡度過這夜。

窗戶封死後再用櫃子擋起，全家晚上就睡在一起。

「好！」阿B在浴室裡回應著，把手機音量調到最大，不想漏接任何電話。

至少，至少在瑪莉到門口之前，一定要做好準備。

剛把手機放在衛生紙盒上，手機就響了，瑪莉來電，阿B不再猶豫，「喂，瑪莉。」

『我是瑪莉……』這次的聲音沒有往常飛揚，『爲什麼要丟掉我？』

「我沒有丟妳，是妳原本的主人丟掉妳的！」阿B冷靜的回著。

『我生日耶……祝我生日快樂，祝我生日快樂……』瑪莉自己唱著，聽起來有點淒涼，『我到路口了。』

喀嚓，路口？阿B嚇了一跳，離這邊有十分鐘距離，娃娃的話走得應該更慢！他火速跳進浴缸裡，隨便洗個戰鬥澡。

三分鐘洗完擦乾，手機又響了。

『我是瑪莉，我看到你家了。』

「妳可以離開嗎？不要來我家！」他邊說，打開浴室門，向家人表示它來了！

一家五口急忙的衝進準備好的房間，把門關上，鎖上再用張桌子抵著，一家人擠在一起，緊張的看著窗門，爸爸昨晚已經罵他一頓，莫名其妙去挖什麼東

西，挖出問題來了厚！

他們把阿B包在床中間，阿B則盯著手機瞧，等待著該有的電話響。令人厭煩的是，手機沒有再響起，阿B反而更加不安，他傳LINE給開箱群組，說瑪莉好像在他家樓下守株待兔。

『它知道你們做了防備嗎？』

『在樓下等有用嗎？』

『該不會中途改變心意又跑到別家去了吧？』

如果跑到別人家，阿B心中閃過卑鄙的想法，這樣或許……或……！走開啊！什麼瑪莉、死娃娃，為什麼不去找原來的主人？

時間滴答滴答的過去，瑪莉真的沒有再打電話來，這讓大發、陳玉潔跟李仲利三個人異常緊張，深怕跟元寶一樣，其實娃娃是朝著他們而去的，趕緊向夏玄允求救。

它沒打電話，就不知道瑪莉在哪裡，他們也無從判斷。

「都市傳說裡，瑪莉從來不被動啊！」夏玄允完全無法理解，「怎麼可能有守在門口這種事！」

『但是阿B說最後一通電話就是在他家樓下啊，已經一小時了！』大發在電話那頭緊張的說，『它是不是過來了？』

「不可能，瑪莉還沒去阿B家，不會轉移陣地的……」郭岳洋難得說話如此斬釘截鐵，「但實在太奇怪了，瑪莉就算按門鈴沒人應，它也會——」

郭岳洋突然梗住，低首飛快的翻閱本子，紙張獵獵作響，這種急促連馮千靜都覺得不太舒服。

他們已經轉移陣地到夏玄允的房間，郭岳洋擔心廚房聲音大，聲音上傳在這空盪的屋子裡，會吵醒白俶瑛；他們一邊接收阿B的消息，一邊處理其他三個人的意見。

「怎麼了？」毛穎德揪著一顆心，相當不平順。

「瑪莉按門鈴，從來沒人敢開門，它只能在門口……」郭岳洋喃喃自語，「可是下一通電話響起時，瑪莉卻已經在屋子裡了——昨天晚上，元寶是怎麼掉下去的？」

夏玄允聽出來郭岳洋在講昨夜之事，不由得瞪圓雙眼，「我們都在屋子裡，瑪莉也……它也在屋子裡！把元寶逼上了三樓！」

這跟芒果的案子不同，芒果是靠著窗台，露天的情況下，瑪莉大可以從外牆爬上去，由後把芒果拽下去；但是元寶的屋子是密不透風的啊！

「所以說，」馮千靜瞇起眼，「這個瑪莉比向日葵更厲害，這麼大隻還無孔不入嗎？」

馮千靜口中的向日葵，是一個普通布娃娃，只是被她之前的室友拿去玩「一個人的捉迷藏」，後來輪到娃娃當鬼，遊戲必須玩到底不可，偏偏當鬼的得拿把刀插進其他玩家的心臟才算交接完成，所以後面發生的慘事簡直不堪回首。

但她這句話，倒是惹得三個男人幽幽回頭，她說了什麼？「無孔不入」？

阿B！

阿B抽起腳，弟弟壓在他腿上睡著了，緊繃的氣氛在沒有來電後也鬆懈下來，阿B撐著不睡，爸媽也看手機電影陪他，但是眼皮越來越沉，精神不濟，偏偏瑪莉跟昨晚一樣，沒有再來電。

「我去廁所。」阿B越過右側的父親，下了床。

赤腳踩地，卻踩到了雜物。

欸……他直覺性的用腳尖把東西朝旁邊踢開。

手機來電聲突地大作，嚇得整間人驟然驚醒，阿B趕緊彎腰探身到床的正中間去接起電話。

「喂！」他這聲音既急躁又驚恐。

『我是瑪莉。』娃娃音再度變得異常輕快，『我現在在你腳下……』

什麼！阿B瞪大眼睛倏地下看，看見他剛剛踩著的東西……是娃娃的手……手……那被踢到一旁，狀似無力的手！

「哇啊！」阿B嚇得大跳向後，家人緊張的望著他。

「怎麼樣!?」爸爸吼著，爲什麼突然這麼緊張？

「它在——它在它在……」阿B歇斯底里的喊著，顫抖的手指著床底下。

唰——瞬間全家都跳離了那張床，直瞪著床底下瞧。

結果只是剛剛那一閃神，阿B重新目視地板時，娃娃的手不見了！

「在哪裡？」父親守護兒子時的勇氣倍增，手裡隨手抓過東西。

「不、不見了！剛剛還在這裡的！」阿B嚇得連連退後，指著床頭旁櫃子的地板。

爸爸緊張的下床，他眼界範圍裡並沒有任何娃娃，弟妹們反而比阿B還害怕的躲在他身後，一邊想著這簡直是天底下最離譜的事。

「有看見嗎？」媽媽拿著雞毛撣子在斜對角問著。

一張大床，阿B跟弟妹躲在左下角，父親在左上角望著，母親站在右下角呈守備狀態，母親的背後就是臥室門口，窗戶位在房間左側，也就是床再過去一公尺的距離。

「什麼都沒有啊！」父親不解的皺眉。

「床、床底下，會不會躲到床底下了？」弟弟恐懼的大喊。

床底下？這讓阿B嚇得再後退些，離床角越來越遠；父親深吸了一口氣，戰戰兢兢的來到床側，緩緩的蹲了下去……阿B緊握著拳，娃娃會躲在床底嗎？它應該不會對爸怎麼樣吧？爸沒有丟棄它……

阿B的父親心一橫，猛然貼地——嗯？他認眞的張望，略抬起頭回首，「沒有啊！」

「咦？」阿B愣住了，「沒有？」

「沒有啊，你自己看！」爸爸皺眉，狐疑的再往床底下梭巡。

床底下是堆放了些許雜物，但是一尊娃娃不至於看不見，阿B跟家人們一塊兒趴在地上往床底看去，還眞的什麼都沒有。

那麼，阿B不解的是，他剛剛踩到的是什麼？

「該不會趁機跑出去了吧？」阿B下意識往母親的方向看去，「媽，妳剛剛有看到什麼從床底跑出來嗎？」

「沒有啊，你不是說很大隻，這跑出來誰看不見！」

「厚，哥，你是不是夢遊啊？」弟弟不爽的說了，「什麼床底下，嚇死人了！」

「而且哥好俗辣，居然讓爸幫你看……萬一眞的有什麼，爸怎麼辦？」妹妹嘟起嘴，推了他一把。

「我……」阿B無從辯駁，他剛剛眞的超俗辣，但是……他要是敢，也不必家人守護了吧！

「你是眞的有看見嗎？」母親擔憂的問，「我們門窗都鎖好的，不可能會有娃娃進來啊！」

「那是都市傳說，很難講的。」阿B眞沒想到會套用夏玄允的話。

於是大家開始試著搜尋地板，其實爸媽房間地上東西有點多，置物櫃啦，還有剛剛弟妹搬來的毯子也掀起來看；阿B深信自己不可能因爲眼花而看錯，因爲腳底板的觸感是眞實的。

他不安的往床底下瞥了眼，依然空無一物，這麼小的空間，這麼大的瑪莉娃娃，能怎麼躲？

他轉向左邊，想檢查窗子底下的櫃子縫隙，還有窗子是否眞的封死了。

「我是瑪莉。」

突然間，娃娃音自他背後傳來。

阿B僵直了身子，他……他依然是趴在床邊，只是頭面向窗子，背後是……

剛剛什麼都沒有的床底下！

「我在你身後。」

阿B戰戰兢兢的轉過頭，正面對著也趴在地板、滿臉都是刮痕、臉頰貼地的娃娃，它一雙玻璃珠的眼睛咕溜溜的，閃爍著異樣的光芒，笑了。

唰——

「哇啊啊啊啊——」

第七章 模糊的記憶

即使是放假，馮千靜也沒有一刻鬆懈，鬧鐘即使調晚了一小時起床，她依然五點半睜眼；下床暖身，晨起的瑜珈少不了，鍛鍊不能有一天的怠惰。

外頭安靜得很，昨天大家都晚睡，後來阿B沒有再有消息，她就逕自回房，儘管毛穎德再三交代她手機要保持暢通，但她怎麼可能聽話啊！難得的睡眠時間，難道要她開著聲音等電話嗎？

伸展、調息，她按部就班的做著，直到樓上傳來甩門聲。

喔，白俶瑛醒了嗎？

「少來了！我爲什麼不知道這件事！」怒吼聲伴隨著重重的腳步聲，咚咚咚的往下。

嗯，聲音轉進廚房，她捉不到尾音了。

昨晚突然頭疼的人醒了，她以爲接下來會聽見隔壁或對面房間的聲音，至少夏玄允他們會衝出來，巴住白俶瑛問個不停啊！

結果屋子裡格外的安靜，除了偶爾傳出來的高分貝的叫聲外，沒有其他聲響。

睡死了嗎？香檳也會醉？馮千靜抬腿貼牆，讓自己的身體也貼上牆，總不會他們守著手機到天明吧？

好！晨練收工，她梳洗一番後，決定去覓食，早餐可是很重要的。

「你不覺得過分嗎？他們態度很敷衍！」廚房裡白傲瑛捏瓶鮮奶正在咆哮著，「我問他們時，跟我說問這麼多做什麼！」

馮千靜站在廚房門口，有點尷尬的看著正在跟他人抱怨的白傲瑛，她一發現她來了，面有難色的別過頭。

「好好，我有事，晚點聯絡了！」她匆匆切斷電話，有點尷尬的看著馮千靜。

馮千靜輕笑，「早。」

「早……」白傲瑛的聲音有些虛弱，「啊，牛奶在這兒，妳要配穀片嗎？」

「好的，謝謝。」馮千靜主動打開櫥櫃拿碗，昨天她拿過杯子，大概知道碗盤的擺放位子。

白傲瑛拉開椅子坐下，為兩個人倒滿牛奶，倒入玉米穀片，馮千靜見狀打開冰箱，打算煎兩顆蛋來吃吃。

「別不開心了，一大早的要微笑。」馮千靜走到瓦斯爐前，「不介意我使用吧？」

「啊……不介意。」白傲瑛尷尬一笑，「我連怎麼用都不會，哈。」

「頭痛好點了嗎？」

「啊……好多了，謝謝！」她又皺起眉，「我凌晨接到爸媽電話，他們說我以前出過意外！他們居然瞞我！」

「意外？」馮千靜隻手扠腰，回身望著她，「妳出過什麼意外？」

「車禍，忘記了某些記憶，有時記得部分，有時候也會想起其他片段……但因爲年紀小，我爸媽覺得我忘掉的不是那麼重要。」白俶瑛突然激動起來，「年紀小？我那時已經國中了！」

國中，事情發生在她轉學前嗎？

「可是妳忘掉事情，應該對妳影響很大吧，妳怎麼自己不知道？」馮千靜覺得這不合常理。

「因爲我只有忘掉一小部分，非常片段……也的確好像跟生活無關，」白俶瑛緊鎖眉頭，「就像我記得我跟妹妹在庭院玩公主的遊戲，但是我卻不記得我們餐巾上鋪了什麼……不記得後面做了什麼事！」

這形容可眞特別，在某一段記憶中，卻只有部分東西消失？

「可是妳之前都沒發現？」鍋熱了，馮千靜放油。

「沒有，因爲都是小時候的事，我在想……那個娃娃會不會眞的是我的？」白俶瑛邊說邊搖頭，「可是我完全沒有抱那娃娃的印象，但昨天晚上湧上的畫

面，眞的是那尊娃娃！」

「嗯……妳先冷靜點吧，妳在冒汗了。」馮千靜敲蛋入鍋，不一會兒呈上兩顆漂亮的太陽蛋。

她開始故意跟白俶瑛扯開話題，不想讓她在記憶的問題上過度鑽牛角尖。

「妳以前跟毛穎德他們很熟嗎？」

「嗯……不熟。」白俶瑛總算開始舀起牛奶了，「事實上我跟誰都不是很熟。」

「哦？是嗎？」馮千靜有點詫異，白俶瑛看起來很外向啊。

「我以前不是這個樣子，很悶，很內向。」她笑著說，「永遠都只坐在位子上，看著夏天那樣耀眼的存在，還有毛穎德那種風雲人物。」

噗……

馮千靜筷子間的蛋滑了下來，瞪圓一雙眼看著她，「風、風雲人物？」

說夏玄允她覺得理所當然，那張臉不只女生喜歡，男生應該也很愛吧，白淨可愛，笑起來像男孩似的天眞模樣，受歡迎程度可見一斑；郭岳洋姿色也不差，光是那細心的溫柔，也是一大亮點啊。

不過毛穎德？他外貌上並不搶眼，是那種性格型的，可能會吸引喜歡酷樣的那種女生啦，不過白俶瑛剛剛用了「風雲人物」四個字。

「是啊，毛穎德很帥耶！」白俶瑛邊說邊回想，眼睛亮了起來，「妳不知道喔，那時他們三個天天在一起，多少女生羨幕我們，尤其毛穎德，成績體育都很強，拿縣賽冠軍時，他的啦啦隊可是驚人陣仗！」

「縣賽？」馮千靜知道毛穎德有在鍛練身體，但的確不知道他的專長，「什麼比賽？」

「跆拳、游泳、跳高跟田徑！」白俶瑛數得清楚，馮千靜聽得卻很詫異，「每樣都很強，最強的是跆拳！」

毛穎德是跆拳道的！她遲緩的舀起一口玉米牛奶穀片……好哇！這就是他永遠不陪她練習格鬥的原因嗎？

瞧不起她？怕傷了她？每次都讓夏玄允跟郭岳洋陪她練，看著他們被她壓在地上求爺爺告奶奶的，幹嘛不親自跟她對上一場？

「聽說你們同社團的，毛穎德在大學也很活躍嗎？」白俶瑛好奇的問。

「事實上沒有，他很低調。」馮千靜很想說，就連她也現在才知道原來他會這麼多體育項目。

厚，上次在湖邊時，他游得這麼快，原來是游泳健將！

「是嗎？」白俶瑛淺笑著，看得出來她對毛穎德頗有好感。

兩個女生沒什麼太多共同話題，一來白俶瑛長年在國外，二來馮千靜不想聊什麼明星服裝的事情，吃完早餐她起身收拾，想騎車到四處晃晃。

「對了，我突然想到……妳家有相簿嗎？」馮千靜把碗盤放上瀝水槽時，問向白俶瑛，「電子相簿或是實體相本也行，那不是一種紀錄嗎？」

「咦？」白俶瑛亮了雙眼，「或許我可以藉由相本，搜尋消失的記憶？」

「對！有嗎？」

「應該有，那這邊麻煩妳，我去找找！」她趕緊擦乾手，迫不及待的衝離廚房。

對於人生有一部分的記憶消失，任誰都巴不得趕緊找回的。

馮千靜洗好碗盤後，便回房間換身衣服，準備要出門溜噠前，到樓上看一下白俶瑛，畢竟昨晚她才因頭疼暈倒，多少該關心她一下。

白俶瑛沒有在自己臥房，而是在一間像小倉庫的地方，翻閱著厚重的實體相本，現在因為數位相機發達，多數人都把相片存在電腦裡，但其實一旦硬碟壞掉，記憶也會跟著消失，不若洗出來紀念的佳。

「嗨。」她敲了兩下門，白俶瑛抬首瞥了她一眼，眼神有點空洞。

馮千靜蹲到她身邊看著泛黃陳舊的相片，裡面是一張張天眞燦爛的笑顏，兩個女孩子一起玩耍、也有家族合照，背景是磚房，類似三合院的地方、也有公園、或是戶外遊樂場。

「妹妹好可愛。」馮千靜看著照片，白俶瑛跟她妹妹完全不像，她妹有張人見人愛的臉龐。

「是啊，她從小就很得人緣，而且很聰明，很會說話。」白俶瑛泛起笑容，摸著照片裡妹妹的臉，「我們都喜歡玩扮家家酒，也喜歡一起玩水……」

童年啊，馮千靜拿起另一本相本，她的童年就是練習跟鞭策，要成爲職業格鬥競技者，哪有那麼多時間玩樂！

翻開相本，裡面是更多小姊妹的照片，比白俶瑛手上那本再長大了些，背景也出現了挖箱子的透天厝，陽光眞好，他們庭園百花盛開，原來在邊階上的樹還是果樹啊！

「好安靜。」馮千靜終於忍不住了，「毛穎德他們也太會睡了吧？都八點多了。」

「咦？」白俶瑛一怔，「他們出門了啊！」

「什麼！」馮千靜嚇了一跳，「出門？三個都出去了？」

「對，天還沒亮就離開的！」白俶瑛有些錯愕，「我那時昏昏沉沉的，但聽見他們很急躁的聲音就出來看，毛穎德跟我借車鑰匙說趕著要出去。」

馮千靜放下相本，覺得大事不妙，「有說什麼事嗎？」

「沒有，我沒來得及問……我那時意識不清啊，」她蹙眉，「我在想是不是跟……瑪莉有關係？」

「居然沒跟我說！」她立即跳起來，「我出門了！」

馮千靜速度極快的衝下樓，白俶瑛還愣了兩秒才追出去，追不上她，所以到二樓的圓弧平台，抓著欄杆處往下喊，馮千靜正巧下了樓。

「欸，我等等要去接我爸媽，不一定在家喔！」她攀著欄杆往下喊，「你們如果提早回來的話，我在花盆底下有備用鑰匙。」

「好！」馮千靜抄起位在玄關附近大理石桌下的背包，直接往門外走去，「謝啦！」

砰的門開了又關上，白俶瑛哇了聲，說真的，那個馮千靜好帥氣呢！

出門的馮千靜咕噥著，居然天沒亮他們就出門了，拿起手機端詳，才發現自己醒來後完全沒有取消飛航模式，趕緊設定取消，跨上自己的重機。

訊息果然響得此起彼落，她查看著室友群組，三個人說話三樣情：

『小靜，阿B出事了，我們去醫院了！妳醒來要記得接電話啊！』這絕對是夏玄允。

『小靜，你要好好休息喔！』關心偶像的身體狀況，這是郭岳洋。

『馮千靜，沒事不要來。』認眞擔心她的安危，這只有毛穎德了。

手機往背包一塞，後揹上肩，油門一催便俐落的往醫院前去——昨晚那個阿B如果出事，早晚她也逃不過啊！

阿B死在床底下，在全家人眼皮子底下出事，那像是一瞬間的事，明明全家都在，但竟然無人有力阻擋！

站在床另一側的父親跟母親聽見他的慘叫聲時，幾乎只有兩秒鐘，他出聲喊著，趕緊伏下身子察看，卻只看到從孩子頸部急速湧出的鮮血，他一時之間傻掉，是被女兒的尖叫聲喚回神。

床尾的弟弟蹲下來，說他看見了搖搖晃晃的娃娃，他嚇得跳上床，拉著妹妹也往上，那時間根本兵荒馬亂，父母急著拖出阿B，試圖壓住他頸子間的傷口，但是頸動脈的斷裂，讓血液在數分鐘內就流乾。

他是泡在自己血液中死亡的。

床底下滿是濃稠的鮮血，救護車到的時候，阿B身上的血早已流盡。

馮千靜以手機聯繫時，夏玄允他們都在殯儀館了，阿B算是當場死亡，其他手續已在醫院辦妥，她騎車前往殯儀館，只見到阿B的家人哭得泣不成聲，而弟弟則臉色慘白的不住發抖，精神狀況不佳的喃喃自語。

「他看見瑪莉了。」毛穎德看著在家人陪伴下的弟弟，「看見它在床底下。」

「瑪莉不是有六十公分？」馮千靜皺眉，這不合邏輯啊。

「是，所以他是看見瑪莉在床底下爬行！」毛穎德補充說明，「我們問了一下，衣服跟樣子都是瑪莉，但那時大家都在驚叫或是忙搶救阿B，沒人看到瑪莉往哪裡去了。」

馮千靜皺眉，「你知道六十公分高的娃娃要消失很難嗎？」

「妳知道都市傳說要消失似乎蠻容易的！」

「嘖！」她忍不住翻了個白眼。

「啊啊啊！過來了！它看到我了！」阿B的弟弟突然尖聲失控的跳起來，「它瞪著我，它發現我在看它！」

「哥！你不要這樣！」看來是阿B妹妹抵著他，「沒事！沒事，那個娃娃已

經走了！」

「不要來找我！不要！」弟弟歇斯底里的喊著，母親趕緊過來緊緊擁抱。

夏玄允跟郭岳洋這時從裡頭步出，神情顯得沮喪，這是很難得的現象，一般說來遇到都市傳說時，這兩個都會興奮到飛天才是。

原來當出事的是同學時，還是會有差別嘛！

跟在他們身後竟是大發跟李仲利，意外地沒看到唯一的女性，陳玉潔。

「小靜，妳來啦？」夏玄允看見她，眉宇稍舒，「那個白醋她……」

「醒了，人很正常，我跟她吃過早餐才出來……因爲我沒開手機，所以沒見到你們留言。」她簡短交代，「白俶瑛想找到失憶的部分，據她父母說，她當年出過車禍。」

「是嗎？」郭岳洋皺眉，「可是失億自己會不知道？」

果然大家都覺得很離奇，所以馮千靜再解釋一遍，白俶瑛奇妙的失憶在於，一段記憶中的某些片段而已，所以事情變得像碎片一樣，偶爾出現，剩下的也不完整，因爲非事關重要，所以並沒有造成影響。

「好詭異。」夏玄允思考著，這種失憶方式很少聽過啊。

「我出門前建議她找相簿，說不定能找到蛛絲馬跡，他們家也的確有好幾本厚厚的舊相本！」馮千靜無奈的雙手一攤，「她確定看過全新的瑪莉。」

「那應該眞的是他們家埋的了。」毛穎德若有所思，「不過出車禍這件事……」

「電話說不清楚，她爸媽今天就回來了，再問吧！」馮千靜望向他，「換我了，我聽說阿B是血流乾的，瑪莉是怎麼殺的？割斷頸動脈？」

現在娃娃這麼厲害，恰吉2.0嗎？

這問題一出，所有男生居然不安的交換眼神，尤其是大發跟李仲利，額上豆大的冷汗顆顆滲出。

「被咬斷的。」夏玄允說著連他都覺得不可思議的答案。

馮千靜一秒呆住，蹙起眉認眞的想再確定一次，被咬斷的？「瑪莉用……咬的？」

「很難相信吧？我們也是，所以我們跟阿B爸媽商量，讓我們看一下遺體了。」郭岳洋指向自己左側頸部，「這裡直接被咬掉一塊肉，連血管一塊兒咬斷。」

馮千靜小抽口氣，「那個……怎麼確定是咬的？可能是抓，可能用別的凶器挖開，或是……」

「有齒痕，肉眼就能辨識的齒痕。」毛穎德接口，手伸向她的頸子，「不管是外圍或是血管上，都有清晰的齒印。」

「等等……知道你們在說什麼嗎？娃娃有牙齒？齒痕？」馮千靜分貝高了些，「哪家的娃娃做到這麼精細啊，還有牙齒咧！」

「小靜，是眞的！」夏玄允現在腦子也很亂，「阿B被咬下那塊肉的傷口周圍，都是齒印。」

「這太扯了……這件事眞的……」馮千靜開始踱步，「啊，要不要乾脆驗一下？就是齒模什麼的……」

「在做了，法醫那邊一定會做的，只是我們不能期待比對出什麼吧！」毛穎德嘆口氣，「事情發展越來越玄了，瑪莉怎麼進入他們房間的？怎麼躲在床底下的？而且阿B他查過床底下，一開始沒有娃娃的。」

「他們家人都查過，本來說阿B接到電話說瑪莉在床底下，他也踩到它的手，結果大家趴下去看並沒有。」李仲利指了指後面哭成一團的家人，「沒幾分鐘後，阿B卻死在床底下，弟弟還親眼看見爬行的瑪莉。」

「這不難。」馮千靜竟語出驚人，「說不定是攀在床板下，就像行進間的車子，我們抓著車子底盤一樣。」

大發跟李仲利聽著這種比喻有點錯愕，一般正常人應該是不會抓在車子底盤行進的吧？

「也是有可能，但不至於都看不見吧！」夏玄允搖搖頭，「不過床下也有雜物，說不定瑪莉會躲。」

「怎麼進去的？怎麼離開的？齒痕是讓大家最不可思議的點。」郭岳洋撫著脖子說，「一口就把皮肉連帶頸動脈咬掉，這怎麼可能！」

低氣壓漫延，大發跟李仲利幾乎無法說話，想到阿B的死狀悽慘，成爲第三個出事者。

而且，在封死的房間中，他還是被殺了。

「還有元寶的頭髮，別忘了。」毛穎德提醒大家，「他摔下去時，手裡緊握的那撮頭髮，也讓我很在意。」

「在意那個有什麼用！重點是怎麼阻止這一切！」大發嚷了起來，「芒果、元寶、阿B，這情況太明顯了，瑪莉每個人都、都不放過……」

「爲什麼？我們去埋箱子的地方拜拜有沒有用？對！」李仲利緊張的拉住夏玄允，「準備冥紙、祭品跟香，我們立刻就去——」

「李仲利，那是都市傳說，不是阿飄。」夏玄允反握住他的手，「拜拜沒有用啊，瑪莉一定要得到它想要的！」

「馬的！它想要什麼啊!?」大發歇斯底里的大吼，「我們每個人的命嗎——」

他們的命嗎……毛穎德聽見這個問題，忍不住看向了馮千靜。

她回眸，四目相交，她知道毛穎德在想什麼——七個，不是六個，因爲她那天也把瑪莉丟了。

「瑪莉不會原諒丟掉它的人。」郭岳洋幽幽出聲，「它想要回家，回家前要處理掉丟掉它的人，原傳說中，它連主人都……」

「所以重點在拋棄。」馮千靜銳利的眸子掃向郭岳洋的本子。

「不，它也想回去！」郭岳洋突然很認眞的回應著，「它說要回家過生日的！」

馮千靜突然覺得頭痛，「過生日？繼它有牙齒後，一尊娃娃要過生日？」

「妳沒童年喔，女生不是都會幫娃娃慶生！」大發劈頭就是一句，「還要一起參加生日會耶！」

咳咳！夏玄允連忙到大發身邊去，冷靜啊大哥，你不知道你在跟誰說話啊！

馮千靜果然凌厲的瞪過去，誰沒童年啊，但是她就眞的沒有洋娃娃啊！還慶生咧！

「不玩娃娃。」她轉而正面向著大發，「女生只能玩娃娃嗎？」

「難怪妳像……」大發不知道是哪裡不爽，句句幾乎口無遮攔。

「欸——難怪小靜像極了帥氣的重機騎士啊！對不對！」夏玄允大聲的蓋過

大發原本要說的話，「大發你在不爽什麼？事情變成這樣又不是小靜害的。」

「夏玄允。」馮千靜用低八度的聲音說著。

「對不對，不是馮千靜害的！」嗚，剛剛叫小靜都沒事，一定是牽怒！

「現在該怎麼辦啊！？阿B之後、之後就剩下我們……」他恐懼的望向李仲利，「三個。」

「那個女生呢？」馮千靜問了，「短頭髮很俏麗那一個，怎麼沒來？」

「她不敢出門。」郭岳洋打好幾次電話了，「尤其阿B出事後，她寧可把自己鎖在家裡。」

「阿B他還不是鎖在房間裡，他家人都在，還是……」李仲利越說越小聲，畢竟阿B的家人就在附近。

他們回頭探視一下，果然還未能接受這般噩耗，哭泣悲傷不解，畢竟他們連殺死兒子的「眞凶」都找不到啊！

「欸，你們！」阿B的國中妹妹突然跑過來，「我媽說留你們的電話，萬一有什麼事情可以聯絡。」

眾人面面相覷，李仲利扯扯嘴角，「不會要告我們吧？人不是我們殺的耶！」

嘖！毛穎德不耐煩的巴了李仲利一下，會不會看場合說話啊，阿B的狀況要

告誰也很難吧……不是，阿B的父母怎麼可能利用這種事情告他們啦！

他留下聯絡方式，妹妹說希望大家能平安無事，而且阿B的父母更希望有個交代。

毛穎德還眞不知道能給什麼交代……如果覆蓋在阿B身上黑色結晶算不算？

「白俶瑛的父母稍晚就到了，她會去接他們，我看我們直接去釐清那口箱子比較重要。」馮千靜提議，「另外就是剩下的人都聚在一起，瑪莉也比較不會這麼忙。」

「它可以再忙一點吧！」毛穎德立即發難，「喂，聚在一起是讓瑪莉比較好解決嗎？」

「我們人多啊，這麼多人拼不過一隻娃娃嗎？」馮千靜可不以爲然，「至少都能有照應，我也不想拖泥帶水，要嘛就一口氣解決掉！」

「喂！女人，妳說得這麼輕鬆！會死的可是我們！」大發忍無可忍的低吼，「還讓我們聚在一起，豈不是給了瑪莉一個完美的機會……」

夏玄允驀地拉住大發，制止他再繼續說下去。

郭岳洋上前，也朝他搖頭，「小静是第七個，她昨天騎車在半路時，撿到瑪莉記得嗎？她扔掉了。」

扔掉瑪莉的人，就是拋棄的罪人。

所以馮千靜並沒有置身事外，她是來度假的，既然莫名其妙的又撞上都市傳說，她也只能認了！

大發一時語塞，他沒有留意到那天在茶坊裡的對話，也沒注意到馮千靜會是第七個。

「對、對不……」他想道歉，馮千靜轉身就離開。

「我去接陳玉潔，毛穎德，給我地址。」她逕自走向重機，體態婀娜，卻又帥氣破表。

毛穎德立刻跟上前，滑著手機找通訊錄，她跨坐上機車，也拿著手機等待傳訊並使用地圖導航。

悄悄望著毛穎德短袖下的身材，他肌肉的確很結實，二頭、三頭……胸肌……

「傳過去了。」他一抬頭，對上她凝視的眼，「……有事嗎？」

「低調的不只我嘛！」她說著莫名其妙的話，勾起嘴角，「改天陪我練習吧！」

「我不在行這個。」永遠的藉口，永遠的答案。

「嗯哼。」她輸入地址，開始研究地圖，毛穎德湊在她身邊，擔心的是不明

來電。

「欸，妳騎車的時候如果接到瑪莉的電話……」

「我騎車不接手機的。」她乾脆的回應。

「接一下比較好吧？萬一她冷不防的說我在妳身後呢？」毛穎德皺眉，別這麼輕鬆看待啊！

只見馮千靜直起身子，喬一下後照鏡，意思像是在說，不然你以爲這個東西幹嘛的。

「馮千靜，我是……」

「我知道，我會小心的！」她突然泛出淺笑，「在我能從試衣間逃出來後，我對自己信心就大增了。」

「別增加太多！」毛穎德眉頭裡夾著的除了擔心還是擔心，「妳去，我打給陳玉潔。」

哼，馮千靜笑了起來，俯身握住龍頭，優美的女性線條迷人的呈現在他眼前，不管看多少次，毛穎德都覺得穿緊身衣的馮千靜眞令人血脈賁張。

轉動油門，引擎聲隆隆，她再度帥氣的離開。

「欸，那你們同學喔？」李仲利忍不住問了，「她很正耶！」

郭岳洋揚眉，自豪的笑著。

「最重要是很……怎麼說？很敢嗎？」大發擰眉，「她昨天就知道自己會被瑪莉找到對吧？可是你們看，她跟我們不一樣……她不怕，她想的是怎麼速戰速決……」

「那當然。」郭岳洋得意洋洋的笑著，「因爲她可是馮千靜呢！」

大發跟李仲利互看一眼，「所以呢？」

「面對危險是我的專長，我絕不逃避，更不輕言認輸！」夏玄允跟郭岳再次異口同聲，雙眼盈滿崇拜感。

唉，毛穎德忍不住撫額，他就是怕這點啊！

第八章
無孔不入

客廳的手機再次響了起來，才走到廚房的陳玉潔並不想理睬，她已經跟毛穎德說了，她不出門，死都不出門！

不想再跟他們攪和，她一個人在家，已經把所有窗戶封死還裝上鈴鐺，只要一有問題就會發出聲響，門也絕計不開，冰箱裡有足夠的食物可以讓她撐個幾天！

阿B在眾目睽睽就那樣死了，她不要成爲下一個阿B——但是，她剛剛接到電話了！

瑪莉打來的，她聽都不敢聽完，飛快的掛掉手機。

冷靜，她一個人在外面租屋，才幾坪大小，只有幾扇窗，她不相信對付不了一個娃娃……就算是什麼都市傳說還是受詛咒的娃娃，她也要有信念！

緊握著胸前護身符，這是老家很靈驗的廟宇給的，一直以來她都沒遇上過什麼事……她哽咽的撕開穀片包，淚水滴落碗裡，天哪！她要鎭靜，一切都起因於跟著大發做傻事！

她爲什麼要去開箱啊！

手機斷了又響，陳玉潔還是不耐煩的走出去，不管毛穎德還是夏玄允來說都一樣，她不想再跟他們在一起了！

「喂！你要我說幾次！我很感謝你們或是馮千靜同學，但是我絕對不要離開這個家！」

『瑪莉也是！』娃娃音驟然響起，『所以瑪莉要回家了。』

咦？陳玉潔腦袋一片空白，爲什麼……她剛剛接起時忘了先看是誰，她以爲是毛穎德！

「妳找錯人了，妳家、妳家……是白倣瑛家！」陳玉潔焦急的喊著，「白倣瑛妳記得嗎？白色的白，是妳原來的主人吧？她回來了喔！他們全家現在都在……」

瑪莉很明顯的沉默，陳玉潔呆站在櫃子邊，緊握著手機發抖。

『瑪莉生日快到了，瑪莉要回家過生日。』幾秒後，瑪莉的聲音再度響起，只是沒有一開始那麼明快了，『我是瑪莉，我在門口了！』

喀，陳玉潔飛外的掛斷手機，慌張的扔上一旁的桌子，恐懼的即刻衝到門前，不可能！

她盯著自己的門，她連門縫都貼起來，瑪莉不可能進來。

沒事，沒事的，她是不是應該再拿把椅子頂住門把？比較萬無一失？

良久，門外沒有聲響，電話也未曾再響起，陳玉潔咬著唇蹲在地上，其實她好害怕，不懂只是開個箱，爲什麼這尊娃娃要這樣對他們!?

對不起還不行嗎!?

咚、咚、咚……詭異的聲音刺激著陳玉潔的神經，原本蹲伏在地上的她瞬間直起背脊……這是什麼聲音?

「我是瑪莉!」她聽見了，如此近的聲音，「我現在在妳身後!」

聲音來自她的身後，但是她的身後應該是……陳玉潔緩緩回頭，她背對著剛剛倒麥片的地方，一旁的窗戶，映著明顯的人影——瑪莉的身影!

她用那張陳舊刮花的額頭，敲著她的窗戶!

「我是瑪莉，開窗啊!」小手敲著窗子，叩叩叩。

陳玉潔整個人都呆住了，她緩緩起身，不可思議的看著娃娃在她四樓的窗戶邊，外面根本沒有任何供它踩的地方!

「走開!我不會開的!」陳玉潔歇斯底里的對著窗戶吼，「妳去找白俶瑛啊!我不是妳主人!這裡不是妳的家!」

瑪莉彷彿聽懂似的，一眨眼離開了窗子邊，陳玉潔緊握著雙拳，心都快跳出嘴巴了，發顫的舉起沉重的步伐，一步、再一步……

走了嗎?她看著那長方窗子，外頭透著白光，不見任何影子。

站在窗子邊，她還是戰戰兢兢，瑪莉的執著她領會到了，進不了門，它想從

其他地方進來，四樓的窗子也要爬上來……那麼，進不了窗呢？

她忽然發現什麼，湊近窗子一看，看見了剛才瑪莉撞的地方居然有裂痕！

陳玉潔嚇得踉蹌，這怎麼可能!?那娃娃總共敲幾下而已，怎麼可能會——匡啷！

喝！她倏地回首，她的浴室發出金屬物品掉落的聲響，還有著回音，陳玉潔立刻朝浴室衝去，浴室的窗戶她也關得很緊，不管是氣窗還是主要的窗戶，都以膠帶封死了！

站在浴室門口不安的往窗子看，分毫未動，但是聲音來自？沒有看見任何金屬物的掉落啊，再說了，浴室裡能有多少金屬物品？除了水孔蓋之外，根本不可……

陳玉潔僵住了，水孔蓋？她眼神移到浴缸，這個角度她瞧不見，她必須再往前一點，至少得踏進浴室，或是踩上那門檻，再一步，不要緊的陳玉潔，還有段距離。

她做了個深呼吸，一腳踩上浴室門口的門檻。

在她的白色浴缸排水孔處，「擠」進了一張扭曲的臉孔，宛如橡皮糖一般，擠壓著細長型的娃娃，五官全部扭曲壓縮在一起，直到頭顱的部分全數鑽出排水

孔時，再緩緩的恢復原狀。

「我是瑪莉，我現在在妳的浴缸……」瑪莉的嘴依然歪斜，說起話來非常不正常，「再等瑪莉一下下！」

娃娃看得出來在使勁，剝的一聲，抽出了細條的右手。

她知道，阿B是怎麼死的了！

就算門窗緊閉、全家都在，也沒有人知道六十公分的娃娃，能從水管進來！

「哇啊啊啊——」陳玉潔失控的放聲尖叫，轉頭拔腿就跑！

元寶也是這樣吧！毛穎德他們都在場，夏天不是說他們顧得滴水不漏，並沒有，只要有洞，瑪莉就能鑽進來！

不擇手段，只為了要「回家」！

陳玉潔手忙腳亂的拎起地上的包包，還不忘拿過剛剛扔上桌的手機，因為太過慌張而踉蹌，摔倒在自己門前。

「我是瑪莉，我快出來了！」浴室裡突然傳來娃娃有點忿怒的聲音，「妳為什麼要丟下我？」

「去死去死！」陳玉潔尖叫著，用顫抖著手打開門鎖，此時，浴缸裡傳來瓶子掉落的聲音！

那是放在浴缸邊緣，沐浴精的罐子，瑪莉出來了！

陳玉潔拉開門，飛快的往樓下狂奔，連電梯都不敢坐，只怕瑪莉一直在她身後。

「救命！救命——」她失控的在樓梯間大喊，快到一樓時自己又絆倒，剛巧省了不少時間，一路滾到一樓。

撞上了某個人。

「……」馮千靜愣愣低首，「陳玉潔？」

喝！陳玉潔猛然抬頭，顧不得疼的即刻拉住馮千靜的褲子，「它來了！它來了——」

她驚恐的比向上方，順著發顫的食指向上指，馮千靜看見了在扶把迴旋處，攀著欄杆往下望的——瑪莉。

「上車！」馮千靜一骨碌拉起陳玉潔，力氣大得讓陳玉潔有點訝異。

馮千靜仰首瞪著在上面的瑪莉，它狀似正翻過欄杆，想要利用樓梯中間的空隙直接跳下。

疾速回身，扶正機車後跨坐上去，陳玉潔也不敢遲疑的跨上，連安全帽都來不及戴好，馮千靜催了油門便衝離。

「不要回頭！」馮千靜厲聲吼著，「把安全帽戴上後抱緊我！」

淚水模糊了陳玉潔的視線，她粗笨的戴上安全帽後，緊緊的伏身抱住了馮千靜。

口袋裡的手機開始響，馮千靜瞄著後照鏡，陳玉潔不必接她都知道瑪莉要說什麼。

「我是瑪莉，我現在在妳身後啊啊啊——」

平安抵達白家時，毛穎德正焦急的在外面等候，遠遠看見重機來了，吆喝一聲，同學們幾乎全部都跑了出來。

大發跟李仲利攙下根本腳軟的陳玉潔，她一見到同學就泣不成聲，語無倫次的說話，但大家根本聽不懂她嗚咽的話語，先把她扶進屋內再說；毛穎德一見到陳玉潔哭就知道有事，趕緊趨前到馮千靜身邊。

「還好嗎？」他打量了她全身上下。

「我們都沒事。」馮千靜摘下安全帽，「我到她那，她剛好從樓梯上滾下來，說瑪莉在樓上。」

毛穎德驚訝得瞠大雙目，「然後呢？」

「我載著她就跑了啊，那娃娃很聰明的咧！樓梯不是迴旋式的嗎，中心是空的，它就想從中心跳下來。」馮千靜口吻裡有些讚美，「不過我不知道有沒有成功，畢竟它這麼大隻。」

「下一個是陳玉潔嗎？」夏玄允不知何時也在旁邊，「我原本以爲她只是拍攝者不會有事，看來所有參與開箱的人都捨棄了它。」

「這不難理解，它在箱子裡好不容易被人取出，然後呢？」郭岳洋顯得有點難過，「扔掉妳就算了，還揚長而去……它一直被扔棄。」

「我懶得管它有多可憐。」馮千靜攏攏馬尾，「照這樣看，我應該是最後一個對吧？」

呃……夏玄允尷尬的點頭。

「那得在輪到我之前把娃娃解決掉。」她認眞的看著夏玄允，「燒掉眞的沒用？」

上一次布娃娃最後用燒的蠻有效的啊！

「要先抓到它啊！」夏玄允很無奈的嘟起嘴，「瑪莉根本神出鬼沒好嗎！連見都沒見到，它就把阿B殺了。」

「嗯哼……」馮千靜若有所所思，瞥了毛穎德一眼，他也一副正在沉思的模樣。

這件事必須終止，越快越好。

進門前馮千靜看見外頭停了兩台車，「白俶瑛回來了？」

「嗯，剛到十分鐘而已，我們跟他們同時到的。」毛穎德壓低聲音，「她爸媽蠻生氣我們講都市傳說的事，裡面氣壓很低……」

喔喔，白俶瑛的爸媽不太信都市傳說，加上他們扯出了白俶瑛發生過意外之事，人家爸媽搞不好盡力想隱瞞，多少會不爽。

她點點頭表示知道，她會小心應對的。

這次來找毛穎德他們，不是以在學校的「低調」模樣，但是她還是會留心自己的應對，免得被人認出、或是抓住話柄，到時週刊可就開心了。

一進入屋子，果然氣氛相當緊繃，所有人都集中在玄關，以及圓桌後的走廊上，馮千靜禮貌的向兩位長輩打招呼，他們風塵僕僕，行李還擱在一旁，臉色極其難看。

「它眞的從浴缸的排水孔擠出來的，我沒有騙人！」陳玉潔正哭喊著，「跟黏土一下壓得扁扁的，等頭顱出來後再脹回原形，你懂嗎？你聽得懂嗎!?」

被搖晃的李仲利兩眼發直，他也被嚇到似的點點頭，「懂，我懂……可是，可是它怎麼……」

「阿B是怎麼死的？爲什麼封死了還是進去了？主臥房是套房吧？」陳玉潔嗚咽的說，「說不定在他們封死房間前，瑪莉早就躲在床底下了！」

「這有可能嗎？我說……那是一尊陶瓷娃娃吧？」大發猛搓著頭，「怎麼會從排水孔進來？」

「我沒有說謊！」陳玉潔歇斯底里的尖叫著。

郭岳洋趕緊趨前，安撫著陳玉潔，「好好好，我們知道，我們知道！」

「這太離譜了！你們在吸毒嗎？」突然間，白媽媽開口了，「一個個幻想這麼嚴重！小瑛妳怎麼跟這些人做朋友？」

「媽！妳在說什麼啊！」白俶瑛跳了起來，「怎麼可以這樣說我同學！」

馮千靜忍不住皺眉，不信都市傳說沒關係，但武斷的指責別人吸毒也太差勁了吧！又是一個認爲全世界都會帶壞她小孩的家長。

「白媽媽，我們都很正常，陳玉潔也沒有說謊。」毛穎德趕緊出聲解釋，「突然發生這種事我知道您很難接受，但是都市傳說是眞實存在的，我們就遇過好幾次了。」

「喂！妳是什麼意思？未免太過分了吧！」大發不爽的直接回嗆，「我們已經死了三個同學了，這種事能開玩笑的嗎？每個人都在說謊嗎？連阿B他弟都見到瑪莉了！」

白媽媽翻了個白眼，扯下嘴角完全不想理他們，眼神裡透露著強烈的「我聽你們在蓋」。

「好了，妳說話留點口德。」白爸爸溫婉的說，「她只是氣你們讓小瑛想起失憶的事……當然，所謂都市傳說這種事對我們而言，實在太超乎現實。」

「超現實的事很多啊，鬼也是一種。」夏玄允接口接得俐落，「把瑪莉想成一個怨鬼就可以了，它被拋棄，所以來找扔棄它的人算帳。」

白爸爸緊擰起眉，微頷首表示懂，「好，既然如此，這跟我們家小瑛有什麼關係？」

「當然有，瑪莉是從你們家挖出來的。」夏玄允說得直截了當，一點兒都不拐彎抹角，「他們從山腰上的舊透天厝庭院裡挖出一口箱子，瑪莉在箱子裡。」

剎那間，白氏夫妻唰白了臉色。

他們驚恐的交換眼神，緊接著母親環住雙臂的指尖開始微顫，白爸爸則上前一步，「你們去挖我們家庭院？」

夏玄允帶著歉意的笑容，側身往後方的大發他們看。

大發不爽的深呼吸，但還是跟李仲利一起鞠躬道歉，「對不起！是我們挖的！」

「你們……無緣無故去挖我家庭院做什麼!?」白爸爸一改適才的溫和，眼神變得凌厲，「這是擅闖私人土地，而且你們還、還……」

他氣得說不出話，郭岳洋細心觀察著，幾乎確定了箱子就算不是他們埋的，他們也一定知道瑪莉。

「我們錯了，就只是好玩，裡面也沒什麼啊！」李仲利嚷著，「那個破爛娃娃、腐爛的食物，還有一些壞掉的玩具而已！」

「爸、媽！那口箱子是我們埋的嗎？」白俶瑛抓緊機會問，「我完全沒有印象，但是、但是我看過那個娃娃全新的樣子！」

「不是……沒有，妳不可能知道！」白媽媽脫口而出，「妳一定是記錯了！」每個字都在發抖，眼神慌亂不已，毛穎德微瞇起眼，現在到底是誰有問題啊！

「是不可能記得？還是根本沒這件事？」毛穎德慢條斯理的問，「畢竟白醋失憶過，但是昨天瑪莉的影子卻出現在她腦海裡……而且是嶄新美麗的姿態。」

白媽媽痛苦的深呼吸，別開毛穎德的眼神與追問，反而是白俶瑛急著想知

道，「媽！我覺得我真的看過那個瑪莉！」

「不可能！」白爸爸突然低吼出聲，「妳不是不知道妳媽最討厭娃娃了！尤其是那種大尊的，不是更像人嗎！」

白俶瑛咬著唇，「對，妳很討厭娃娃，這就是我跟妹妹沒有人形娃娃的原因……可是，那我在哪裡看過瑪莉的？」

「會不會是朋友？」白媽媽笑得很勉強。

「是嗎？」馮千靜突然插嘴，「這樣說來，是有人把箱子埋在你們家院子裡的？那是你們還住在那裡時？還是已經搬走？」

白爸爸不悅的看向她，「妳不覺得妳問太多了嗎？不管怎樣那都是我們家的事，被侵犯的是我的土地……對！你們幾個，居然擅闖私人土地！還敢亂挖！」

他食指一個個比著，夏玄允連忙擺手，「他們六個，不關我們四個人的事！」

「什麼？」白爸爸搞不清楚。

「我們是國中同學，大家回來開同學會時遇到，聽他們在講的。」郭岳洋微笑親切的解釋，「參與挖地開箱的是另外六個，這三個還有……」

剛剛大發口中，死掉的另外三個。

白爸爸擰眉，他似乎察覺哪裡不對……依照這群孩子的意思，他們開箱後，陸續死亡？

「好了，不要在這邊怪力亂神了！」白媽媽打發著大家，「很抱歉我們剛回來，還有些疲累，沒辦法招待你們，請離開吧！」

「媽！等等！」白傲瑛連忙阻止，「夏天他們四個我昨天就讓他們住下來了，毛穎德阿姨家在跨縣市那邊，這幾天他們幫忙處理瑪莉的事，所以暫時沒地方住！」

白媽媽眼睛明顯瞪大，而且是帶著「妳幹了什麼好事」的臉，再尷尬的瞄向夏玄允他們。

都住下來了，他們也不可能現在趕人走啊！

場面變得很尷尬，毛穎德他們都不知道該當作有聽到還是沒聽到，但大發他們聽得分明，低聲詢問陳玉潔能走嗎？人家都下逐客令了，他們還有臉待嗎？

「等一下！」馮千靜突然走上前，氣勢逼人的逼近了白家人，「有幾個問題想請教。」

唔……毛穎德蹙眉，請教就請教，怎麼一副要上擂台的樣子。

「什麼……」白爸爸面對她突然散發的逼人氣勢有點錯愕。

「當年連夜搬家的主因是什麼？」這都聽毛穎德講的，大家一亂就忘記重點了。

對啊！夏玄允雙眼一亮，差點忘了，當年他們連夜搬家這件事就不尋常啊！

「搬、搬家？只是搬個家有什麼好問的！」白爸爸嘴上這麼說，但卻有點緊張，「找到新的住所，所以就搬過去了，這麼簡單。」

「你們是連夜搬的，事前也沒跟鄰居打過招呼，搬家當天完全無異狀，卻在半夜突然搬走……」毛穎德也站到了馮千靜身邊，「正常人看來，那叫逃走吧！」

「逃……什麼逃走，我們只、只只是搬家！」白媽媽說起話來倒是沒力道了，「搬家需要跟別人說嗎，就只……」

「為什麼要晚上搬？還幾乎是半夜搬？」毛穎德用客氣的態度詢問，「搬家可以上午搬，而且依照你們連夜搬的情況，連傢俱都沒帶，只帶走重要的東西……」

「這就是逃走吧！」馮千靜向來就是遇事解決的個性，懶得拐彎抹角，「正常人不會那樣搬家的！」

「誰、誰說的！」白媽媽不安的閃爍眼神，「我們這棟屋子什麼東西都齊全，根本不需要帶什麼傢俱，我們只是想悄悄的離開……對，悄悄的，也不想去讓別人知道……」

「是嗎？聽鄰居說很臨時呢，信箱塞滿了信，又來不及改地址，水電方面也特地找一天去停？」陳玉潔跟李仲利一起問到的，她記得很清楚，「你遇到鄰居了吧？那天自己還說，走得有點匆忙，所以來不及處理。」

白爸爸臉色陣青陣白，大概沒料到這些學生已經去打探過了。

「白醋，妳記得搬家的事嗎？」夏玄允突然問了，「你們很臨時從舊家搬到這裡的事？」

「小瑛！不必回答他們！」白媽媽緊張的握住她的手。

白俶瑛狐疑的看著母親，這麼緊張太小題大作了吧？「我大概記得啊，但是我印象不深，因爲我醒來時就在這間屋子裡了。」

「忘記了？」郭岳洋小心翼翼的問。

白俶瑛抿著唇點點頭，「我一直沒很在意，但是我記得搬家的事，是在晚上……我坐在車子裡……反正後來就是搬到這兒，再沒多久我就出國了。」

毛穎德聽著這順序，只是感覺更詭異了，身邊郭岳洋翻閱著他的紀錄本，突然眼神一頓。

「那個……白醋出過的意外是？」他溫呑的提問，「該不會就是同時吧……」

咦？這下子，連一直插不上話的同窗都能接口了。

「白醋是突然休學的，就我們國二的時候啊！」大發回憶著，「有一天就沒再來學校了，老師說是生病請假，再過一個月說她轉學，也沒人知道妳是出國唸書了。」

「對啊，我們是不熟，當年只覺得有夠突然，」李仲利頻頻點頭，「想說妳怎麼什麼都沒說就走了！」

陳玉潔尚在啜泣，她還陷在恐懼中，吸鼻聲讓馮千靜覺得吵。

「我那時轉學好像是很突然，不過因爸媽也一起去，我也沒什麼顧慮……」白俶瑛挑著眉掃視他們，「拜託，那時我跟班上誰都不好，根本沒想講好嗎！」

郭岳洋笑得很尷尬，「所以，是那時受傷的囉？」

白俶瑛咬了咬唇，自己都困惑的皺起眉，看向母親，「是吧……是不是那個時候？我印象很模糊……但我記得自己一直在發燒。」

唉，白爸爸突然嘆氣，「是，小瑛就是那時出了意外，摔到頭……也就是那時受的傷，才讓她記憶變得很片段，但是醒來後並沒有太大影響，重要的事她都記得，所以我們也就選擇不跟她多說。」

「那連夜逃走是爲什麼？就因爲她受傷？」馮千靜繼續抓著這點問，毛穎德輕搓了她一下，是「搬家」，不是「逃走」。

嘖！她斜睨了他一眼，照他們這種打法，什麼時候才能結束第一回合啦！

「我們──」

鈴──

刺耳的電話聲，此時此刻居然在這前廳中響了起來。

所有人莫不緊繃起神經，不約而同的回身，看向擺放繽紛花卉的大理石圓桌，桌上的家用電話還是傳統的鈴聲，刺耳非常。

「是小姨嗎？」白媽媽倒是從容，「你跟她說我們到家了？」

「還沒，但她知道班機……這麼一攪和，都忘記報平安了！」白爸爸言下之意，頗有抱怨他們的意味。

白媽媽俐落接起，沒注意到大家臉色僵硬。

「喂，小姨啊？」白媽媽立刻換上客氣的臉色笑著說，「我……喂？喂？妳哪位？」

白媽媽先是狐疑，接著呈現出一種困惑，然後眉頭越皺越緊，捏著話筒的手變得用力，「妳說什麼？」

馮千靜立刻湊前，冷不防從旁邊按下擴音鍵，讓她有點驚愕！

『……我現在在成功路了！』這娃娃音屋子裡大部分的人都認得，『我快要

回家了！』

白媽媽握著話筒離開耳邊，不可思議的看向面前的學生，再轉向右邊看著老公跟白俶瑛，「她說……」

『我是瑪莉，我快回家了。』瑪莉的聲音是從未有過的興奮，『快回家了……』

「天哪！這什麼惡作劇！」白媽媽驚慌失措的把電話掛上，嚇得踉蹌兩步，「那是什麼？」

「瑪莉……就跟妳說眞的是瑪莉！」白俶瑛抓著她媽媽，「那個箱子裡的娃娃啊，媽，眞的不是我的嗎？」

「不是！」白媽媽慌張且近乎尖叫的搖頭，「那才不是妳的娃娃！」

現場一片靜寂，老實說，白媽媽的反應有點過度了，反而透露出點此地無銀三百兩的感覺。

「好了，現在這件事先放到一邊吧，瑪莉來了！」夏玄允站了出來，開始組織，「這裡有開箱的三個人、碾過她的一個，還有……」

他頓了頓，眼尾瞟向白家三口：原主人，不過這三個字他沒說，一切盡在不言中。

「媽媽說不是我的……」白俶瑛說得自己都不踏實。

「成功路離這裡還有多久？」夏玄允逕問向白爸爸。

「呃……還很遠，還有好一段路啊！」白爸爸顯得有點遲疑。

「那在我家附近，瑪莉才剛離開我家。」陳玉潔站了起身，「從我家到這裡……剛剛我們騎了有半小時吧。」

「好，那我們時間足夠，把所有門窗都封起來，排水管也一樣！」夏玄允立刻看向白傲瑛，「妳家妳才瞭解，告訴我們哪邊有窗子跟排水孔，讓大家幫忙封。」

白傲瑛連連點頭說好，急著就要幫忙分配工作。

「等等，爲什麼要這麼做？你們要對我家的東西做什麼？」白媽媽一把拉住女兒，「你們在搞什麼我不管，如果那個是來找你們的話……何必把我們拖下水！請你們出去！」

「媽！」白傲瑛有點不敢相信，「現在他們有危險，妳還要趕他們出去？」

「不是、媽不是這個意思，但是這不關我們的事對吧！」白媽媽笑對女兒，「誰知道那是什麼東西，如果危害到我們……」

「拜託一下。」馮千靜有力的聲音打斷了她們母女絮語，「你們眞的以爲你們躲得過嗎？」

什麼!?白氏夫妻驚愕的看著馮千靜，她說這是什麼意思？

「說眞的，」毛穎德帶著點爲難的望著他們，「這個都市傳說中的瑪莉，無論如何都會拼了命回到原主人的家。」

「……不可能！」白媽媽搖著頭，瞠著雙目，「它不知道我們在哪裡、更不可能知道我們回來了……啊！」

啊，她越過幾個孩子，看向了站在樓梯下方的陳玉潔，剛離開她家的瑪莉，是否一路跟著陳玉潔來。

「出去……出去！」白媽媽指著陳玉潔尖吼命令著，「你們都離開我家！」

陳玉潔嚇得倒退向下走了兩階，大發他們趕緊擋在她前面，「白媽媽，妳不要這樣啦！」

「那個……」陳玉潔咬著指甲，不安的由上而下看著大家，「我、我跟它說了。」

夏玄允第一時間看向了她。

「我說叫它回自己的家去，那個……白俶瑛他們全家都回來了……」陳玉潔虛弱的說著，「我不是故意的，但我家不是它家，所以我……」

瑪莉，要回家了。

第九章 瑪莉是誰？

客廳那隻刺耳的電話響個不停，但是全部的人都在忙著封死門窗，屋子太大的壞處就在這裡，偏偏白家每間房間都是對著外面，絕對都有窗戶，所以大家封得很辛苦。

不管是膠帶或是拿架子擋住，能上鎖的絕對鎖緊，加上陳玉潔剛剛的經驗，知道瑪莉可能會撞破玻璃，因此大家決定在玻璃上貼個米字，以防它有撞破的機會。

毛穎德只是擔心，在元寶家時敲落地窗的力道還沒這麼大，今天僅僅額頭就能敲裂！這不是陳玉潔窗子太薄，就是瑪莉力量增幅了！

因爲，陸續解決拋棄它的人嗎？還眞的像「The Mummy」那部電影！主屋只有前後門，但是排水孔就多了，連客房都是套房，就知道有多少孔洞。

鈴——鈴——樓下那隻電話一響，整間都聽得見，就近的毛穎德上前接聽，按下擴音鈕。

『我是瑪莉，我現在在山丘邊了。』聽完掛掉，看來還有段距離。

三層樓飛快的佈置完畢，只有白氏夫妻躲在三樓的主臥室，連郭岳洋看得出這家人有爲難之處，都在守著什麼。

好不容易，終於全部封住了。

「三樓ＯＫ。」白俶瑛在三樓的圓弧平台，對著樓下大喊。

「二樓ＯＫ！」郭岳洋則在正下方，二樓的圓弧平台應和。

他們往一樓看去，大理石圓桌邊好幾個人都豎起大拇指向上比著，而馮千靜悠哉悠哉的從後方往門口走，她負責最後檢查的。

「都好了。」她回眸向上，「天啊，有東西可以吃嗎？」

「妳還吃得下啊？」李仲利咕噥著。

「爲什麼吃不下，很累耶……對了，瑪莉是怎麼打電話給我們的？」馮千靜望著桌上的電話問著，「手機嗎？可以打電話問它在哪裡嗎？」

右手邊的廚房傳來聲響，毛穎德探出頭，「放心好了，那個瑪莉定時都會報告的。」

邊說，他扔出了蘋果。

馮千靜俐落接住，這傢伙原來在廚房忙這個，端出一大盤水果跟麵包，要大家都過來吃。

「等等如果眞的要對付瑪莉，大家都得有氣力。」毛穎德抬頭看著三樓的白俶瑛，「白醋，去請妳爸媽下來吧。」

白俶瑛為難的點點頭，對她而言，這一切是寧可信其有，她的同學已經出事，她不能冒這個險……而且，她也覺得，爸媽有事瞞她。

瑪莉每走到一個路口就一通電話，當天色暗下來時，它也就差不多快到了。

而白俶瑛去叫人後就沒再出來，看來是被父母絆住了！

郭岳洋要求所有人都聚在一起，他們有十個人……好吧，扣掉關在主臥房的白家三人外，至少有七個人，人多總是好辦事嘛！七個人背對繞著那張圓桌圍成一個圈，眼觀四面，耳聽八方。

「有人來了。」毛穎德突然出聲，他是蹲在地上的，指了指正前方的門縫底下。

外頭廊下有點燈，可以看見一個影子逼近。

馮千靜跟著伏低身子偷看，他們沒封住大門底下，就是為了要看瑪莉的動靜，而且門縫這麼小，她要鑽進來的話時間也沒這麼快。

果然，有個影子，不太穩的逼近了。

鈴——電話聲準時響起，陳玉潔摀嘴差點尖叫出聲。

靠近電話的大發按下擴音，大家都能聽見，那聲音如此的近……『我是瑪莉，我現在在門口了！』

門口！夏玄允立刻叫大家不要出聲，保持絕對的安靜，聲音原本就是上揚的，三樓的白家人聽得一清二楚，不可思議的互看：門口！它來了！

白媽媽緊抱著白俶瑛，白爸爸緊握雙拳。

『我是瑪莉，我現在在門口了！』根本不必擴音鈕，離門這端較近的毛穎德跟馮千靜都可以聽見門外的聲音。

他們距離大門兩公尺，這段距離令人感到漫長啊……

位在右邊的郭岳洋伸長手切掉電話，馮千靜跟毛穎德專注的望著門縫，期望看到瑪莉的反應。

沙沙，沙沙，影子離開了門前。

「它要去哪裡？」夏玄允皺著眉問。

大家跟著把視線向左移，門旁就有一扇窗，這扇窗老實說並不小，雖不到落地窗的地步，但是開窗就能輕易翻到外面；所以他們封住窗戶後，還拿兩把椅子相疊，抵住了窗戶。

只要瑪莉朝裡看，他們就能看得見窗外的人影。

但是沒有。

「這太奇怪了。」郭岳洋低喃，「它在找別的出口嗎？」

「我們都封死了，它進不來的。」大發用詞很堅定，但語調很虛弱。

大家轉著眼珠子，潛意識思考著自己負責的範圍，突然間，郭岳洋顫了一下身子！

「幹嘛!?」夏玄允太瞭解他了，洋洋快哭了！「怎麼了!?」

「有一間房間……我、我忘了！」一向細心的郭岳洋不可思議的說著，「房門鎖著，我原本想說等等去找白醋的，但是……」

「哪間!?」毛穎德跟馮千靜同時跳起來的。

「白俶瑛妹妹的房間！」

兩個身影一前一後，飛也似的往樓梯奔上，夏玄允要大家振作點，待在原地盯著彼此跟每個角落。

足音在樓梯上咚咚響著，白俶瑛緊張的站了起身，「我覺得我們不能待在這裡！媽！」

「那不關我們的事！」白媽媽緊拉住她的手，「妳不要去攪和……天哪！我就說不要回來，不該回來的！」

「妳在說什麼，妳要把妳家人都扔在這裡嗎？」白爸爸握住妻子的手，「錯的是那群學生！」

足音在樓下奔跑，馮千靜跑到了二樓走廊的最末間，那個掛著「閒人勿入」牌子的房間，趨前轉著門把，果然上鎖。

「白俶瑛！我要鑰匙！」她扯開嗓門，「妳妹的房間是鎖著的！」

「不必！妳讓開！」後頭傳來毛穎德的聲音。

她回首，看見他一副蓄勢待發的模樣，立刻向旁邊閃開。

只見毛穎德小跑步助跑，一腳就踹向了那薄弱的門板，砰磅一聲嚇得樓下同學紛紛起立，但門已輕易摧毀。

毛穎德不假思索的進去，第一時間衝向窗戶，幾乎就在同時——

一隻小手也推開了窗戶！

「啊——」

毛穎德在那一瞬間有些措手不及，在他跳上木板床，伸手要將半開的窗子推過去關上的同時，另一股力道竟唰地將窗子推開，他立時抵住玻璃窗，但外頭開窗的力道甚大，他差一點就失守。

這時左邊跳上另一個人影，飛快的將窗子使勁推了回去，差一點點夾到外面那娃娃的手；毛穎德抓準時機同時伸長左手鎖上窗戶，窗外的瑪莉砰咚一聲的把整張臉撞在玻璃窗上。

基本上那是波紋玻璃窗，所以任何人看出去，外頭的人都是張扭曲不清的臉孔，而貼著窗戶的瑪莉只讓人看見那臉部白色與灰色的色塊，玻璃眼珠倒是一清二楚。

「我是瑪莉，我現在在窗外！開窗啊！」瑪莉開始敲窗戶了，「讓我回家！」毛穎德向左上瞥了一眼，馮千靜立刻轉身離開去找膠帶，他則使勁用雙手抵住玻璃，與瑪莉對望著；它改用額頭撞擊玻璃，咚、咚、咚……他完全可以體會陳玉潔所說的「玻璃裂開」的意思。

瑪莉的力量很大，光從剛剛的開窗力道他就能感受到。

「我來了。」馮千靜來到他身後，所以他雙腳併攏貼著牆跪好，雙手大張抵著玻璃窗。

後方的馮千靜彎身，狀似將毛穎德納入懷中，撕開膠帶開始貼窗。

「打開——爲什麼要丟掉我、爲什麼不讓我回家？」瑪莉撞擊力道越來越強，馮千靜俐落的斜左一道、斜右一道，中間再垂直一道。

這時，瑪莉突然移動到左邊的窗子，毛穎德趕緊過去，對準它要敲上的地方

以掌心抵住；馮千靜也趕緊過來補上膠帶，將兩面窗子都貼妥「米」字型外，又多加了兩道。

「啊啊啊！」瑪莉在外面嘶吼著，「回家！放我進去！」

它聽起來不是很高興啊……毛穎德勾起嘴角，看著瑪莉離開了窗戶外面。

瞥向右邊的馮千靜，她也正得意的笑著，沒有任何言語，也不知道誰先舉起的手，他們響亮的互擊——剛剛默契十足，眞的太流暢了。

乒荒馬亂的聲響從二樓傳來，只是讓一樓圓桌邊的眾人更加恐懼而已，他們既緊張又害怕的朝著樓上看，多希望有人能站在那半圓弧平台金屬雕花欄杆處，告訴他們沒事了。

「還是我上去看看好了。」夏玄允邊說，一邊往樓梯移動。

「來了！來了！」郭岳洋指著上面。

上方人影終於出現，馮千靜與毛穎德雙雙走到圓弧平台上，他們一副閒散之態，馮千靜順手將膠帶擱在那圓桌上，看起來眞是從容不迫。

「怎麼了？」李仲利緊張的上前。

「瑪莉果然想從那個窗戶進來，不過我們及時封住了。」毛穎德笑容不減，「我們剛剛超合作無間的！」

「所以呢？現在沒事了？」陳玉潔憂心的是這個，因爲嚴格說起來，她是下一個啊！

「它進不來後便離開了，應該想找其他地方吧！」毛穎德聳肩，「瑪莉個性很執著。」

「執著想回家還是過生日？」馮千靜扔出了問題，「她爲什麼一直講要回家過生日的事？」

夏玄允跟郭岳洋細語研究，在這個都市傳說裡，並沒有過生日這一點啊，而且……關鍵的白家人一句話都不肯說，要如何知道眞相？就他們的推斷，說不定白醋小時候眞的幫那尊娃娃過生日咧！

「白醋的生日誰知道？」夏玄允突然提出。

所有國中同學只能你看我我看你，根本沒人知道，他們以前就從來跟白俶瑛不同掛啊！誰曉得她生日啦！

若不是這次挖到她家舊宅出事、他們是連同學會都沒打算來的交情啊！

鈴——尖銳的電話聲再度響起，讓不少人措手不及的尖叫出聲。

夏玄允立刻借過借過的擠到電話邊，看得出來他依然比誰都興奮的按下擴音鈕。

『我是瑪莉，我現在在門口！』喔喔，這口吻一點都不可愛了，夾雜著百分之百的怒火，『立刻打開！』

夏玄允沒掛掉，而是將他們這邊改成靜音，只聽得見瑪莉在外頭的嚎叫聲，毛穎德再度移到門前蹲下，果然又有影子在來回走動，瑪莉回來了啊！

「開開門啊，我想過生日……說好要過生日的，瑪莉的生日到了！」瑪莉無力的搥著門板，從敲門聲就能感受她的難受，「爲什麼不要瑪莉了？爲什麼把瑪莉關在那裡面……瑪莉的禮物呢？瑪莉的生日呢？」

這是聽過瑪莉說最多話的一次，所有人謹慎的自動回到原來隊形，再次背著圓桌繞成一圈，以防瑪莉突然又從哪裡進來。

「祝我生日快樂，祝我生日快樂，祝我生日快樂，祝我生日快樂！」瑪莉悲傷的唱著生日外快樂歌，老實說，聽起來是有點可憐，「瑪莉想要蛋糕……蠟燭，大家要一起唱歌的……啊！」

啊的一聲，瑪莉的聲音停頓了，毛穎德繼續伏低身子觀察門縫底下，瑪莉移動了，她往左邊前去……沒問題的，窗子早已封死，連椅子都堆疊卡著。

「嘻。」門外竟傳來得意的笑聲，反而讓大家背脊發涼，「我是瑪莉，我現在在花盆前面……」

花盆？「外面是有好幾盆花，所以呢？」大發不解。

「她要拿花盆砸窗戶嗎？」陳玉潔驚恐的問。

「不會吧……還是花盆下有排水孔？」郭岳洋緊張的問著，「有人去檢查過外頭門廊下的花盆嗎？」

「誰會檢查啊！」夏玄允低嚷著，「沒關係，屋子裡的都是封死的，它進不來的！」

花盆……馮千靜覺得自己好像忘記什麼事情!?

毛穎德看見影子重回門口，狐疑的緊盯著大門，喀喀喀喀……細微的聲響引起他的注意。

大門上的直型門鎖，轉動了。

「天哪！」馮千靜突然大吼一聲，如箭矢般衝向大門！「備用鑰匙！」

喀，門鎖轉開，下一秒門板即刻被推開，馮千靜使勁衝向大門，使勁撞上以阻止大門的敞開，尾隨在後的毛穎德立刻也抵住門板，右手同時間趕緊拉起門鍊，閂了上去！

咚叩！瑪莉無法讓門大開，因爲毛穎德順利的閂住了門鍊。

「我是瑪莉，我現在在門口！」那個被丟掉的娃娃，現在清清楚楚的在大家

面前。

大發不可思議的望著它，「是它，就是那天在箱子裡的娃娃！」古董娃娃的臉上傷痕累累，右邊顴骨的位子全部都磨成黑色，額頭、左臉及下巴都有著不規則的磨損，頭髮散亂糾結，衣服破舊不堪，仔細瞧，還可以看見蕾絲洋裝上有輪胎痕……嗯……

「小靜的痕跡嗎？」夏玄允壓低了聲音，糟糕，他有點想笑。

「應該是。」郭岳洋也忍住笑意，好慘，攔腰被碾過耶。

即使上了門鍊，也有一定的寬度，對一隻娃娃來說要進來根本輕而易舉……所以瑪莉立刻就閃身鑽入。

「滾！」馮千靜大喝一聲，直接動手硬把它推出去！

「呀！」瑪莉用那娃娃手，居然抓住了馮千靜的手臂，馮千靜穿著連身長袖的重機服裝，所以被拽住的幸好只是袖子！可瑪莉死死拉住，馮千靜立刻跌坐在地，雙手被扯著，雙腳抵著門邊的牆，覺得自己都快被扯出去了！

門板後的毛穎德使盡力氣壓門，但無論如何都壓不上，「喂！不要發呆！過來幫忙！」

他對著呆站在圓桌旁的同學嚷著，到底是在發什麼呆啊！

夏玄允跟郭岳洋立刻上前，一左一右，拖著馮千靜腋下想拖她進來，但窮兩個男生之力……是，馮千靜知道他們兩個本來就手無縛雞之力，但她不但完全沒有向後移動，還被瑪莉拉著往門外去，雙手及曲著的雙腳都穿過門縫了！

她抬起左腳抵住牆，坐在地上的她，幾乎與瑪莉要一般高！

瑪莉那張臉依然無表情，唯一能讀出情緒的是那雙不情願的玻璃眼珠，它拼了命的想要進來，死命拉著馮千靜，絕對不放手！

馮千靜一邊與之對抗，一邊往上瞄著插在鑰匙孔上搖動的鑰匙，等等不只要關門，還得把鑰匙拔出來！

否則關一百次，瑪莉還是能開門進來！

大發跟李仲利也上前幫忙，他們去廚房拿到掃具，試著從馮千靜上方刺向瑪莉。

「沒有用！」她大吼著，「它的力量非比尋常！快先把我拉進去！」

「但是把妳拉進來，就等於也把它拉進來了啊！」陳玉潔尖吼著。

對啊……現在瑪莉巴著她的袖子不放，萬一他們拖她進屋，黏在她身上的瑪莉不就跟著被帶進來了！

「大發！你們來抵住門……陳玉潔，過來！繞過來它不會吃掉妳！」毛穎德

忽然大吼，「把掃把給我！我負責攻擊！」

大發立刻跟毛穎德換位子，此時二樓傳來開關門的聲音，白俶瑛飛奔出來，在二樓圓弧平台上緊握著欄杆，看見樓下的場景不可思議。

毛穎德擎起掃把就往瑪莉身上戳，但瑪莉根本不為所動，他再次舉起，像擲標槍似的朝它刺去——這一次，瑪莉卻騰出右手，一把抓住掃把了！

「該死！」毛穎德不得不鬆手，多怕一收掃把瑪莉就進屋來了。

重新握有掃把的瑪莉完全不一樣，它竟拿著掃把，如法炮製的朝馮千靜的胸口直接刺去！

「不許妳碰我！」馮千靜大喝一聲，扭動身子閃過，「妳瞎了嗎？妳看清楚我不是妳主人！」

瑪莉的玻璃瞳孔晶晶亮亮的，再一次突擊刺出。

毛穎德飛快的蹲下，隻手擋在馮千靜面前，抵住了那支掃把柄——他痛得皺眉，瑪莉的力量根本不是常人……

不對，它本來就不是人啊！

出動雙手握住掃把柄，不能再讓瑪莉有機會傷害馮千靜……他咬牙與之互抗，但瑪莉輕鬆的一手攫住馮千靜，一手跟他拔河，眞是太不公平了。

「到底能不能把門關上啊!?」門板後力量是足夠將門關上，問題是現在馮千靜卡在那兒。

大發探頭察看，覺得這樣僵持根本不是辦法，他看得出瑪莉力氣非常大，不管毛穎德還是馮千靜、夏天或是郭岳洋力量都有限，根本不可能長期抗戰！

如果……他眼神瞄到了門上，還有那晃盪的鑰匙，有一個能迅速解決的方法。

只要，把瑪莉帶離門邊，馮千靜就可以進屋，拔掉鑰匙，重新鎖門。

只要，他趕緊回來的話！

大發緊緊握拳，提議挖箱的是他，說服大家侵入別人庭院、帶大家去冒險的也是他，雖然娃娃是芒果跟阿B丟的，但他們現在都不算活著了，根本就不構成活著的條件，該負起責任的本該是他！

夏天跟毛穎德他們是無辜的，這種時候，他才不能幹躲在門後這種事！

「抓準時間，把鑰匙拔起來，大家都進屋去！」大發突然在馮千靜頭頂上方出聲，讓正在跟瑪莉抵抗的他們錯愕抬首。

說時遲那時快，大發竟然把門鍊鬆開，在大家尖叫之前，直接衝向瑪莉，一把撈起了它！

或許有一兩秒的遲疑，但是毛穎德還是立刻跳了起來，「快！」夏玄允與郭岳洋順利的把馮千靜往屋子裡拖去，毛穎德伸長手要拔下鑰匙，卻因爲手剛剛使力過度而不聽使喚，郭岳洋見狀立刻連滾帶爬的上前，將鑰匙拔了下來。

「大發！快！」李仲利抓著門緣大喊，他人呢？

庭院裡漆黑一片，什麼都看不見，他不是應該抄起了娃娃往遠方丟就回來嗎？

啪！白傲瑛衝下樓，跑到牆邊打開庭院的燈，一時間外頭驟亮，看見的是朝他們跑回來的大發！

「快啊！」夏玄允衝到門口，朝著他伸長了手……

大發疾奔向前，眼看著就要踏上門廊了，後面突然咻的一抹影子飛掠，直接從後面勾住了他的脖子——瑪莉！

「呃啊！」大發根本不知道瑪莉會從背部躍上，一被鎖喉，他整個人瞬間被向後拉扯，頸子後仰的踉蹌遠離！

「大發！」夏玄允急著想出去，郭岳洋下意識伸手拉住他。

「不要再出去了，越多人出去危險性越高！」郭岳洋嚷著，不安的看著大發，「把它甩掉！快點！」

聽見驚叫聲的陳玉潔探頭望著，不明所以，「大發怎麼了？他脖子上那是什麼？」

那是娃娃的手臂啊！瑪莉巴在大發的後頸，緊緊勒住他的頸子，拽曳著他。

「甩掉它！快點！」馮千靜坐在地上，身子因一時全力灌注而虛軟，「掰開它的手！」

「我打不開啊！」大發雙手的確拼命的想掰開瑪莉的手，但無論如何就是掰不開。

他向後退，在庭院裡掙扎嚎叫，如同跳華爾滋般又叫又跳的，卻使終甩不掉瑪莉……毛穎德知道，大發一個人絕對掙不開它的！

「我是瑪莉，我現在在你身上！哈哈哈！在你身上！」背上的瑪莉竟大笑著，突然一張嘴，就朝大發耳朵咬去！

「哇……哇啊啊！」鮮血噴出，但是瑪莉的嘴還在大發的頭上！

他痛苦的想抓住瑪莉卻是徒勞無功，痛楚逼得他止步倒地，大發狠狠的向左一跌，將瑪莉狠狠的往地上敲，試圖把瑪莉敲掉。

只是一滾地，瑪莉那斑駁雪白的身影竟瞬間移動到了他的前方，變成在他正

上方。

那速度快到連大發自己都反應不及！

「我是瑪莉，我現在在你前面！」瑪莉抓住大發的領口，一骨碌提起他頸項，再用力摔下，跟敲皮球一般摔打他的頭顱，「為什麼要丟掉我？你們為什麼不想陪我過生日——」

「哇——」大發痛得大喊，但是沒有兩聲就靜止了。

鮮血四濺，大發的頭兩秒內就跟敲碎的西瓜一般，在庭院裡流了一地血紅。

在門邊的夏玄允跟郭岳洋呆晌，顫抖著。

「關……關門！」郭岳洋回神大喊著，「夏天進來，快點把門關上！」

瑪莉聞聲，倏地回頭，忿忿瞪向門邊的他們。

「可是大發……」夏玄允搖著頭，「大發！快點站起來。」

「來不及了！」毛穎德扳過他的肩頭向後，「瑪莉來了——」

毛穎德大力一扳，跟夏玄允反而向後踉蹌雙雙倒地，馮千靜也及時向後退了數步，門板後的人們用力把門關上，但是一隻小手還是在千鈞一髮之際鑽了進來，硬生生卡住了門！

在大家震驚之餘，僅一秒鬆懈，瑪莉又把門撐得更開一些，整顆頭就這樣塞

進來了！

「我是瑪莉，我在門口！就在門口了！」瑪莉仰著頭喊著，那聲音竟帶著哽咽。

毛穎德一躍而起，來到門板後方，使勁用腳踹向瑪莉所在的門緣，給予瑪莉瞬間的重擊——啪！

瑪莉的臉龐立刻龜裂，毛穎德再補一腳，馮千靜聽見了清楚的碎裂聲，然後有片東西從瑪莉的臉上掉落！

「小心，它會跟橡皮糖一樣的！」陳玉潔不忘提醒，現在臉會碎裂，不代表等等不會變化，至少她親眼見過啊！

夏玄允立刻拿起擱在地上的掃把柄，直接朝瑪莉的眼珠刺去。

「啊！」瑪莉果然驚慌摀眼，夏玄允再戳刺它的頭、它的手，終至抵住它的身體。

郭岳洋由後面助他一臂之力，推著柄的尾端，跟打撞球似的，硬把瑪莉從窄小的門縫推了出去！

砰！學生們合力把門關上，毛穎德立刻將兩道鎖鎖上，門鍊再扣上。

「啊啊啊——嗚嗚嗚——」淒厲的哭叫聲從門外傳來，同時也從桌上的電話裡響起。

門後的李仲利跟陳玉潔腿軟得跪坐在地，淚水不自主的滴落，剛剛還在身邊的大發，一轉眼已經不在人世了！

「大發……大發……」陳玉潔顫抖著，摀著臉哭了起來。

李仲利無力的瞪著紅毯地板，痛苦的閉眼皺眉，「爲什麼這麼傻，爲什麼要出去!?」

「是爲了救我們大家，他覺得他有責任。」夏玄允幽幽出聲，即使以前不是同掛，也記得大發的個性，「他一直都沒變。」

歷經同學一而再再而三的出事，他很難不把責任攬在自己身上，畢竟提議挖箱的人是他；雖然沒有任何人因此責備他，光是自責就足以讓他夜不成眠，看著近日的削瘦便知一二。

瑪莉的哭聲不止，它爬到左邊的窗戶上，試圖透過玻璃往裡瞧，那陰影嚇得在旁的白俶瑛失聲尖叫，但是瑪莉沒有放棄，她再度用頭撞擊著那道玻璃——咚！咚！

郭岳洋趕緊回身拿起圓桌上的膠帶，把窗戶黏了紮實緊密。

馮千靜依然坐在地上，微喘著，瞪著地上迸落的塑膠片，瑪莉的臉怕是毀

了。

「還好嗎？」毛穎德來到馮千靜身邊，她看上去有點怪怪的，「妳有受傷嗎？」照理說就算剛剛用了許多氣力，她也應該一躍而起，然後開始追問一大堆問題才是。

她搖搖頭，看向自己的雙手，幸好袖子堅韌，瑪莉並無利甲，所以未被扯破。但是，她卻明顯的處在一種驚愕的狀態中，這不像馮千靜，一個從小都在打格鬥的女人，又與他們一起面對了這麼多亂七八糟的都市傳說，能夠一腳踹開裂嘴女的傢伙，會因為一尊娃娃震驚？

「人……」她終於出聲，緩緩的抬頭看向他。

「嗯？」他仔細的觀察四周一圈，「大家都沒事，除了大發之外，都安好。」

她終於搭上毛穎德的手，他一骨碌將她拉起，馮千靜站直身子後，皺起眉瞅著他，再看向剛剛衝下樓為他們將庭院燈光開啟的白俶瑛。

圓弧樓梯傳來腳步聲，白氏夫妻終於緊繃著身子走下來。

「那裡面是人。」她沒有鬆開毛穎德的手，依然緊緊握住，不可思議的望著他，「瑪莉碎掉的臉龐裡面，是一張……腐爛的臉！」

什麼！毛穎德瞪圓雙眼，夏玄允跟郭岳洋直接抽口氣，趕緊衝到她的身邊。

「小靜，妳說清楚一點！什麼人的臉⁉」

「它這邊裂開了對吧……」她指向自己的右臉頰下方，「破片裡有張臉，看得見牙齒，那是人類的牙齒跟臉、並不是骷髏，感覺像……對！像木乃伊！木乃伊的乾屍模樣！」

毛穎德按向了自己的嘴，再看向地板上的破片，瑪莉的確掉了很大塊臉頰，要看見裡面是絕對可能的……尤其馮千靜坐在地上與之一般高啊！

夏玄允立刻回身，抽過圓桌上的面紙，小心翼翼的拿起那片臉頰，這讓陳玉潔驚恐得連連後退，就算只是瑪莉的一部分她都覺得害怕。

擰著眉，做好心理準備，他湊鼻一聞──「噁！好臭！」

「是腐爛的味道嗎？」郭岳洋很謹慎的追問。

夏玄允點點頭，應該八九不離十，他們之前學校附近青山路旁的邊坡曾埋有屍骨，挖出來時他們都有聞到那可怕的腐臭味。

李仲利就在旁邊，他嚥了口口水，回頭望向陳玉潔，「陳玉潔，我們開箱時，是不是也有一股可怕的味道？」

陳玉潔緊繃著臉，顫顫的點頭，「不是、不是壞掉的餅乾嗎？」

「現在想起來，好像更臭？」李仲利不安的瞄向夏玄允手裡的塑膠片，夏玄

允倒是大方，伸直手臂要讓他聞。

李仲利捏鼻向前，他很害怕，但是馮千靜的言論嚇到大家了，回憶起開箱那瞬間可怕的氣味，他覺得有必要確認一下……一、二、三，鬆開捏著鼻子的手。

「噁！」李仲利立刻回頭乾嘔，「咳咳咳，就是這個！」

所以瑪莉娃娃是中空的？這可能嗎？

毛穎德的手機突然傳來訊息聲，又讓大家緊繃了一下。

「沒事……是阿B的妹妹傳來的！」他望著訊息，「元寶手裡的頭髮……」

他一怔，抬頭驚愕的看向馮千靜。

「法醫說是人類的頭髮。」

「什麼？」所有人都呆住了。

「表面是金髮，但髮根是黑的，從裡面取得完整的ＤＮＡ……」毛穎德一字字的照著唸，「那是人類的頭髮。」

捏在元寶指間的頭髮，最有可能便是元寶墜樓前抓取的，那金色的頭髮讓大家不疑有他，因為瑪莉的確是金髮，現在卻說其實是黑色的，髮根處還找到完整的ＤＮＡ！

所有人不可思議的看向一旁的白俶瑛，乃至於站在樓梯中間的白氏夫妻，

「娃娃裡面，是個活生生的人？」

所以，被拋棄從來不是娃娃，是孩子嗎？

第十章

埋藏在地底的祕密

「不可能！不可能有這種事！」白俶瑛尖吼著，「這太扯了，活人怎麼能放進娃娃裡？一般人怎麼可能做得到！」

「對……該不會娃娃本身就是用人做成的吧？」

「對啊，所以他們才給娃娃過生日？」

白爸爸竟一臉惶駭，雙手抖個不停，「不是我們，說不定那個娃娃一開始就有問題……」

「少假了好嗎！」

玻璃杯重重的放在餐桌上，馮千靜剛倒滿一杯牛奶，萬分不悅的看向坐在廚房桌邊的他們。

「小靜，溫柔、溫柔！」夏玄允趕緊安撫她，知道小靜現在非常不爽。

剛剛大家折騰一輪，馮千靜覺得沒有氣力，說什麼都要補充能量，所幸白家的冰箱食物充足，她跟毛穎德分別灌下一大杯牛奶，再吃著巧克力。

「白爸爸，眞的很多事大有問題，首先你們怎麼會給娃娃過生日？」郭岳洋慢條斯理的說著，「再來，如果是屍體，就能解釋連夜搬家的事了。」

「果然是逃亡，孩子是那天死的嗎？」毛穎德覺得什麼事都能連在一起了。

「不是逃……我們沒有做！」白媽媽激動說著，淚如雨下，「你說，我們怎

麼可能把一個孩子做成娃娃，我們都不是娃娃師傅啊！」

「娃娃自己來就可以了啦！」夏玄允很無辜的望著他們，「瑪莉可是都市傳說啊，它要復生，輕而易舉，我想是屍體藉由娃娃改變的吧！」

白傲瑛無法置信，這個答案令她太震驚了，她不跟父母坐在一起，而是靠著牆，雙眼死盯著他們不放。

「不可能，爸媽不可能會殺人！」她咬著指甲，「而且哪來的孩子？我只有一個妹妹，家裡就兩個孩子！」

「可是妳不是忘了嗎？」夏玄允柔柔接口，「忘記某件事？會不會就是跟那個孩子有關的事？就在十四歲那年……搬家的那天？」

「而且不一定是妳弟妹吧？或許是別人的小孩？」郭岳洋提出了各種可能性，他手上的本子幾乎把所有關係圖整理出來了。

十四歲的白傲瑛某天出了車禍，因此失憶，記憶模糊片段，而即刻休學並轉學到國外唸出，其父母連夜搬家……埋在庭院的箱子裡有一尊娃娃，箱子裡散發著腐臭味。

「會不會是白醋看見小孩被殺的情形，所以才驚嚇過度失憶的？」陳玉潔突然用詭異的眼神看向白氏夫妻，「你們虐童嗎？」

「我們沒有！」白爸爸緊張的辯解，「看小瑛就知道，我們怎麼會是虐童的家長！從來不是！」

陳玉潔擺出一副不信姿態，他們很難解釋一個好端端的孩子死亡的事實啊！

「她都已經想起來瑪莉的樣子了，她看過那個娃娃全新的模樣，你們最好再裝下去啊！」馮千靜現在對白氏夫妻完全反感，「娃娃明明就是你們的、箱子也是你們埋的，你們是因爲娃娃裡面有具屍體所以才否認到底！」

「住口——」白傲瑛驀地咆哮，「不許妳這樣對我爸媽說話！」

「不許？」馮千靜哪是能受威脅的人，凌厲目光一掃，眼看著就要挽起袖子了。

「好好……大家有話慢慢說！」夏玄允忙不迭的居中調解，好可怕啊！萬一這邊一秒變擂台怎麼辦！「白醋，你們家眞的有問題，而且妳要想……同學都已經因此而死，你們卻死不說實話。」

白傲瑛氣到很喘，立刻奔回爸媽身邊，「爸、媽！你們說，那孩子究竟怎麼回事？那個娃娃究竟是不是我的？」

白媽媽哽咽的、咬著唇微顫，「不是……那娃娃不是妳的。」

「那孩子呢？你們知道裡面的屍體是誰嗎？」她緊拉著媽媽的手，「告訴

我，不是你們殺了那孩子！」

「不是！不是！」白媽媽激動的搖頭，「我們才不會殺人，那是意外、那是——」

啊！她頓時怔住，夏玄允勾起了開心的笑容，說出來囉！

毛穎德擰眉推了他一把，他知道夏天是因爲了得到答案而開心，但這時候笑一點都不合適！

白俶瑛也聽出來了，她不敢相信的腳軟，雙腳跪在地，卻依然緊抓著母親，「眞的是你們……你們怎麼可以這樣！就算是意外也應該報警！」

「我們不能報警！」白爸爸緊握著拳低吼，「報警的話，一切就完了。」

「喂，死了一個人耶！」馮千靜皺眉，「我不知那孩子是誰，但他早就完了！」

「嗚……我就說，不該讓她回來的！」白媽媽突然伏案痛哭，「不回來就沒事了！」

李仲利不爽的一拍桌子站起，「喂，你們說這種話太不負責任了吧！你們不回來，那就讓我們一路送死到底嗎？」

「我又沒人叫你們去挖我家的箱子！」白媽媽倏地抬首尖吼，「對！都是你們！你們不去挖就沒有這些事了！」

「最前提是不殺人吧！那邊沒屍體的話，我們去挖最多就是入侵土地，不到死！」李仲利怒不可遏，他們死了四個同學啊！

週末的同學會，他們將永遠缺席了啊！

白傲瑛忽然攀住桌緣站起，回身往外走去，「報警，我們現在就自首……」

她跌跌撞撞的走出去，廚房的流理台的排水管裡，突然傳來瑪莉的哭聲……這半個小時都這樣，她努力的試圖從各種管道進來。

在排水管裡的聲音嗚咽，迴音傳遍全家每一條水管，聽起來頗有鬼哭神號的感覺。

一聽見白傲瑛要報警，白氏夫妻慌張的站起來，急忙追出去。

「不可以！」白媽媽拉住她，「不可以報警！」

「媽！不能一錯再錯！」白傲瑛哭喊著，「我也不願意你們坐牢，但那是一條生命，既然是意外，不會判太重的！」

她推開母親，逕自拿起電話就要撥號，但白爸爸飛快的衝上前，按下了切斷鈕。

「爸！」白傲瑛抵著父親的肩膀，「說不定自首了，瑪莉就不會再執著了！」

噢噢，不對。

夏玄允搖了搖頭，就算報警，瑪莉依然會執著於回家。

馮千靜雙手抱胸的倚在冰箱門口，「我覺得事情沒這麼單純。」

「加一。」毛穎德來到她身邊，她挪了個位子讓他靠，冰箱門正對廚房門口，也正對著圓桌，看得很清楚。

白爸爸盈滿淚水的雙眸望著她，痛苦的哭出聲來，雙手抬起撫上女兒的臉頰，搖了搖頭。

「那個……或許可以請你們先解釋一下——」毛穎德終於開口，聲音在廚房裡迴響著，「爲什麼白醋妹妹的房間裡，全部都是小孩子的衣服，沒有一件大人的東西？」

什麼？白傲瑛握著話筒的手顫了一下。

「還有你們家的相本、所有相片裡，白傲瑛的妹妹只有幼時的照片，長大後的模樣也完全沒有。」馮千靜指向白傲瑛，「她那天也看過相本，她自己後來每年都還有幾張照片，可是並沒有她妹妹的。」

白傲瑛腦子嗡嗡作響，瞪圓大眼看著父親，「那個小孩是……是妹妹？不不不可能！」

她驀地再度抱住頭，痛苦的皺眉，「好痛……不對，她在東岸唸書，偶爾會來找我們，我們不是去年在一起過耶誕嗎？」

白媽媽不再言語，摀著嘴早已泣不成聲。

「不是妳的錯，眞的……」白爸爸突然用力抱住了白俶瑛，「不是妳的錯……」

「你在說……什麼……」白俶瑛的手鬆開了，話筒掉落地面，「難道，是、是我……」

話筒拿起過久，傳來響亮的嘟嘟嘟聲，突然一陣轉換，嘟聲驟止——

『我是瑪莉，讓我回家，今天是我的生日啊！讓我回家！嗚嗚嗚……』

五年前那天，白俶瑛如同以往的去上學，妹妹照慣例在家裡玩樂，她們相差七歲，白瑄瑄是個人見人愛的女孩，長得極爲可愛甜美，靈巧活潑，也相當會說話。

從她出生開始，她一直就是所有長輩喜愛寵溺的對象，附近鄰居也都很喜歡她。

「那天，是瑄瑄的生日。」白爸爸語重心長的開口，「我們精心佈置了家裡，要爲瑄瑄慶祝七歲生日，也備妥了禮物。」

「都是那個禮物……」白媽媽語不成串的又哭了起來。

那天，白爸爸到學校去接白俶瑛回家，在車上時提到了今天是妹妹的生日，她禮物備妥好了嗎？在車上白俶瑛非常不悅，說生日有什麼好過的，妹妹懂什麼？她有的東西還不夠多嗎？

白爸爸怒從中來一陣訓斥，妹妹才七歲，妳是在跟她計較什麼？

回到家，白俶瑛不爽的甩門下車，在庭院玩土的瑄瑄一見到姊姊就開心的跑上前，她總是喜歡姊姊、黏著姊姊，根本不知道滿手是土的擁抱會弄髒人的衣服，白俶瑛當時一陣怒吼，使勁推倒了瑄瑄。

她討厭瑄瑄。

瑄瑄當場哭得淅瀝嘩啦，媽媽立刻飛奔過來，一定是安撫可愛妹妹並斥責姊姊，怎麼可以這樣推妹妹，而白俶瑛自然是不爽的咆哮、抱怨偏心與不公平，讓生日前的氣氛降到冰點。

但爲了不讓孩子失望，晚餐過後還是舉辦了慶生會，白俶瑛不情願的在父母要求下出席，爲妹妹慶生彷彿要她的命似的；對那時的白俶瑛而言，妹妹得盡眾人喜愛，人人在她面前也都讚美妹妹，她更知道多少人在背後說她怎麼就長得不好看，又愛扳著一張臉。

生性好強的白俶瑛自然隱忍非常，在沒有被妥善開導的青少年時期，她恨死唯一的妹妹了。

扣除她，每個人都很開心，家人關上屋子裡的燈，點滿蠟燭的爲七歲的瑄瑄慶生，唱著溫馨的生日快樂歌，再不甘願白俶瑛還是做了張卡片送給妹妹，瑄瑄興奮極了，愛不釋手，直說姊姊做的卡片最好看了，是全世界最棒的卡片。

白俶瑛當時冷哼一聲，直對著瑄瑄說「虛僞」，所幸瑄瑄聽不懂，但讓媽媽非常生氣，準備等瑄瑄睡覺後，再來好好說說她。

緊接著是拆禮物，瑄瑄的禮物非常大一盒，爸媽拿出來時她雙眼都亮了，迫不及待的想拆開這個幾乎與她一般高的禮物，在父母協助下將盒子打開——那一刻，白俶瑛就抓狂了。

一個古典法式娃娃，金色的捲髮、蕾絲洋裝、甜美的笑容，那是白俶瑛前兩年就吵著要的禮物！

但是媽媽總說這麼大了玩什麼娃娃、不如花多點時間唸書！再來又說那東西不便宜，沒必要買這麼貴又沒用的東西。

結果，卻在兩年後，因爲瑄瑄也想要，所以成爲她的生日禮物。

這叫白俶瑛情何以堪！她當場歇斯底里的咆哮著，爸媽嫌貴嫌多餘的東西，

現在送給了瑄瑄！爲什麼？

那時的爸媽只是覺得這孩子完全不明理，瑄瑄才七歲，玩娃娃天經地義，而白俶瑛是個十四歲即將十五歲的國中生，要這種娃娃做什麼！

當然，偏心多少有，送禮物給甜美又會感謝的孩子，比送給一個臭著一張臉，覺得送什麼給她都天經地義，連句謝謝都不會說的孩子好啊！

瑄瑄對於家人的吵架有點害怕，白父責罵著白俶瑛，白母也斥責她不懂事，非要把妹妹的生日搞砸才開心嗎？當時，白媽媽還說：「妳就是這樣，才不得人緣！」

這簡直是往她痛處踩，白俶瑛聽完握拳甩身就往樓上奔，但是瑄瑄卻追了上去，緊緊握住姊姊的手。

「姊姊不要生氣！不要哭好不好！」小小的女孩環抱住姊姊，白俶瑛卻只是全身緊繃。

「我沒有哭，我才不會因爲妳哭！」白俶瑛睥睨著她，「妳以爲我會就此認輸嗎？」

瑄瑄聽不懂，皺著眉看著她，把緊抱著的娃娃舉起，「妳看！姊姊，這不就是妳最喜歡的娃娃嗎？」

白傲瑛簡直不敢相信，七歲的妹妹會這樣挑釁她！「妳在跟我炫耀嗎？」

「炫耀什麼？」瑄瑄嘟著嘴，聽不懂。

白傲瑛甩開她，急著上樓，瑄瑄卻亦步亦趨的追上前，「姊姊陪我玩娃娃好不好？」

「不好！」樓梯間傳來白傲瑛忿恨的聲音。

白氏夫妻在樓梯下聽著，希望瑄瑄的愛，可以融化小瑛冰冷的心。

「姊姊，姊姊！」瑄瑄很努力的追上去，「我跟妳說喔，我要叫它瑪莉！」

白傲瑛在那瞬間停下了腳步——是她先說要爲娃娃取名瑪莉的。

兩年前第一次見到那樣的娃娃時，她跟瑄瑄說著那娃娃多精緻多美麗，她好想要有一個，然後要取名叫「瑪莉」。

白傲瑛緩緩回頭看向好不容易追上來的妹妹，「妳說什麼？」

瑄瑄瞇起眼，把娃娃舉高向著她，「我們就叫它瑪莉好不好？」

「閉嘴！妳閉嘴——」白傲瑛突然尖聲斯吼，「做人不要太過分了——」

她再次推了瑄瑄。

這一次，跟傍晚在前庭不同了，她幾乎抓狂，所以更使勁、更加用力，幾乎把所有的怨恨與厭惡都集中在掌心，將瑄瑄推向了木製欄杆，甚至讓瑄瑄撞斷了

欄杆。

瑄瑄掉下去了。

瑄瑄抓著娃娃，瞪圓著困惑的雙眸，看著她的姊姊在上方越來越遠、越來越遠……然後嬌小身軀撞擊到第一道扶手，鮮血立刻濺出、再第二道、再第三道，身體在窄小的樓梯間撞擊彈跳，最後在尖叫聲中墜落在地。

她落地時，全身骨頭幾乎都撞斷了，肋骨甚至穿出胸膛，頸子扭轉了一百八十度，臉部是向下，但身體向上。

濃稠的血液緩緩流出，轉眼間就淹滿了小小的身體。

「小瑛當場就暈了過去。」白爸爸無神的望著地板，「瑄瑄那個樣子看就知道不可能救活，摔下來時一連串的撞擊早就讓她骨折，更別說連頸骨都脫離了。」

屋子裡一片靜寂，這是沒有人想得到的結局——殺死妹妹的人，竟是白醋。

「小瑛不是故意的，她只是失手……我們知道她正值叛逆期，或許我們開導得不夠才會這樣……她還是很愛瑄瑄的，否則不可能親手做卡片給她。」白媽媽泣不成聲，「我們不能報警，這樣會毀了小瑛！」

郭岳洋默默的坐在餐桌聽著，寫下筆記，這就是爲什麼家族照片裡，永遠只有瑄瑄七歲以前的照片，因爲，她只活到七歲。

「所以你們連夜埋屍，把娃娃跟屍體都埋進去，再連夜離開那個家？」夏玄允看著白僦瑛，他覺得這故事有點悲慘。

「屍體沒有放在箱子裡，在……那口箱子的下方。」白爸爸倒是說了個一乾二淨，「先埋起瑄瑄，上面再埋箱子，箱子裡擺著瑄瑄最喜歡的玩具們……還有那個娃娃。」

娃娃卡在二樓跟三樓間的樓梯縫裡，臉部磨擦到牆壁，也不知怎麼卡進去的，抽出來著實費了一番氣力，也讓娃娃臉部磨損，那便是娃娃臉部刮痕的由來。

「所以腐臭味是從下面傳來的，不是那口箱子，畢竟那種臭味很驚人。」毛穎德整理著，「而因著大發他們開箱、她便藉由最愛的瑪莉娃娃，重新獲得自由！」

畢竟全身摔斷，她可能也不是那麼好行動吧？

「我說，」郭岳洋咬咬筆桿，「娃娃什麼名字不好取，幹嘛取叫瑪莉啊！」

喂，這是重點嗎？馮千靜沒好氣的踹了他椅腳一下，在說什麼啊！

只怕都市傳說的興起，跟娃娃叫不叫瑪莉沒有絕對的關係。

白僦瑛呆站在一旁，瞠目結舌覺得不可思議，她搖著頭，拼命的搖著頭，

「騙子！騙人……瑄瑄人在美國，她、她因為有報告要寫所以暫時不能跟回來！我們每一年感恩節跟聖誕節都一起過！」

「小瑛！小瑛！」白媽媽上前，試圖抱住女兒。

「不要碰我！」白俶瑛一把推開了她，「我那些記憶是假的嗎？瑄瑄明明就跟我們一起在美國，只是因為唸的學校不同而已！」

唉，白爸爸難受的擰眉，身上背負著巨大的痛苦。

夏玄允見狀於心不忍，趕緊上前握住他的手，他知道這關很難過，但是不跨過去不行的，「瑪莉會解決所有人的，凡是把它扔棄的人、阻礙它的人，這個都市傳說，就是娃娃找扔棄它的原主人算帳。」

「不不不！瑄瑄不會這樣對我們的！」白爸爸回扣著夏玄允的手，「她才七歲，那是我們的瑄瑄啊！」

「都市傳說叫瑪莉的電話。」夏玄允認真的凝視白爸爸的雙眼，「關鍵從來就是娃娃，不是瑄瑄。」

是被扔棄的瑄瑄，剛好跟被拋棄的娃娃合而為一罷了。

毛穎德可以看見瑪莉足跡佈滿黑色的結晶，但是也可以看見黑色的邪氣……啊啊，他想起來了，當初大發他們開箱時的黑色不祥之氣，就是指瑄瑄！

他怎麼沒有想到呢！伴隨都市傳說會出現的是黑色結晶體，從來不會是那帶有惡念好兄弟的邪氣啊！

明明有機會看得見，他居然大意了！

「那個瑄瑄是誰？」白俶瑛捧著頭，看起來很痛苦，「跟我一起長大的、一起游泳那個瑄瑄是——」

「那是催眠。」白爸爸終於沉痛說出口，「爲了不讓妳想起來，我們請了人爲妳催眠，製造了記憶。」

「哇、塞！」夏玄允跟郭岳洋一裡一外相隔兩公尺，還能異口同聲。

「瑄瑄死後，小瑛一直發高燒，囈語連連，好不容易燒了四天後醒來，卻問我們瑄瑄呢……我們才發現，她忘記了那天的事情。」白爸爸得做著深呼吸才能繼續說話，「她記得瑄瑄，但是就是瑄瑄生日那天的事全然忘記，也不記得自己推瑄瑄下樓的事。」

「大腦的逃避機制啊……」馮千靜微蹙眉，喝了口牛奶，「打擊太大的結果。」

「表示她還是在意瑄瑄的。」毛穎德嘆氣。

「說不定是罪惡感使然。」

「噓——」李仲利跟陳玉潔同時回頭，比了個噓。

喀咚喀咚，一樓尾端不知道誰房間裡的排水管，再度傳來了歇斯底里的哭聲。

「不管如何，小瑛的失憶反而讓我們鬆口氣，情急之下我們編造瑄瑄先出國的理由，也跟她說我們稍晚就過去。」白媽媽悲傷的看著自己的女兒，「我們用最快的速度出國，我姊在那邊，所以落腳容易，接著就在那邊重新生活，只是小瑛自然會覺得奇怪，所以、所以……」

「所以你們找人催眠她，哇，好神奇喔！」夏玄允雙眸熠熠有光，他根本是好奇死了吧！

「抹去她部分的記憶，製造全新的，讓一切看起來都很合理，她也就不會起疑。」白爸爸眉頭深鎖，下意識瞥了一眼緩步走出的李仲利他們，「直到她回來……」

「直到我們挖出了瑪莉。」李仲利知道白爸爸的意思，「如果我們不挖，白醋回來也不見得會想起來。」

或許是看見開箱影片，看見影片裡的瑪莉才憶起的，也或許是因為他們不停的提。

「我從來沒有想過，有一天會再見到那個娃娃啊！」白媽媽痛哭失聲，「我

多希望把這個祕密帶到地底下去！」

「啊啊啊啊——」白俶瑛放聲大叫，她的記憶，居然是僞造的！「我不是！我沒有殺死瑄瑄！我沒有！」

她緊閉上眼，頭痛欲裂的她淚水被擠了出來，影像正一幕一幕掠過她腦海——

在前院玩的女孩，抬首瞧見她的燦爛笑容，滿手沙土的衝過來擁抱，接著被她推倒的哭泣。

然後是點滿蠟燭的生日宴會，卡片她是用扔的，但那明明是一個星期前就做好的卡片，還是紙雕，足足費了她兩天的時間；瑄瑄興奮的拆禮物，還沒拆開她就隱約有預感，那樣的大小，那個包裝紙的公司，然後她看見了明明是她夢寐以求的娃娃。

她不平、她心酸，她不明白爲什麼大家都偏愛瑄瑄！連她想要卻得不到的禮物，爸媽毫不猶豫的就買給了妹妹！

接著她在樓梯上，瑄瑄在後面跟著說了一堆話，她好生氣好生氣，直到瑄瑄說她要把娃娃取名叫瑪莉時，她就崩潰了。

伸出手，她甚至不知道自己爲什麼會這樣做，但是她推瑄瑄……然後，她小小的身軀連續撞擊樓梯的扶把，聲音清脆有力的在樓梯間迴盪著，直到落地時，還有著迴音……

瑄瑄死了，瑄瑄……

「啊……啊啊……」她扭曲的臉痛哭失聲，「我不是故意的，我不知道我是怎了……瑄瑄說要把娃娃取名叫瑪莉，我就失控了，我不是故意要推她下去的！哇啊——哇啊啊！」

白俶瑛激動的仰天長嘯，白氏夫妻趕緊衝上前用力的擁抱她，她扭動著身子推拒，都被父母緊緊的扣著。

爲什麼她要這麼做？瑄瑄只有七歲啊，她怎麼能殺了她的妹妹？

排水管裡傳出了尖叫與呻吟，瑪莉在哭泣，彷彿與白俶瑛應和，現場一片靜寂，什麼話在此刻都是多餘，只能讓白俶瑛盡情的發洩，他們一家三口的罪與悔，外人插不了手。

不知道過了多久，排水管裡的聲音改成生日快樂歌，瑪莉在祝自己生日快樂。

『祝我生日快樂，祝我生日快樂～』

馮千靜嘆口氣，空玻璃杯擱在桌上，「我聽瑪莉的語調越來越不正常了。」

「都市傳說不會這麼輕易罷手，它恨把自己丟掉的人。」郭岳洋在筆記本上

圈起了一個詞，「但是這個瑪莉，還有另一個執著。」

筆圈起來的四個字，是「生日快樂」。

「看來要辦一場生日宴了。」毛穎德突地擊掌，「李仲利、陳玉潔，大家儘速的動起來吧，該爲瑪莉辦生日趴了！」

「咦？」李仲利跟陳玉潔驚愕非常，生日……趴？

在父母臂彎裡哭泣的白俶瑛抬起頭，淚水讓她什麼都瞧不清。

『沙沙……嚓……』掉落在地上的話筒突然傳出雜音，『我是、我是……』

『我是瑄瑄，我現在想回家……姊姊，我想回家了。』

第十一章
瑪莉回家了

燭台擱在餐桌上，大夥兒合力把餐桌給搬了出來，置於圓形大理石桌的後方，也就是那長廊上；上頭好整以暇的擺放果汁杯，還有許多水果，夏玄允今天在回程時冰雪聰明的買了蛋糕，本是爲了感謝白傲瑛收容他們的心意，現在恰巧派上用場。

郭岳洋從廚房裡找到一包長短不一蠟燭，可能是備著以防停電時用的，應該是傭人放的，也不知道放了多久，不過還能點著就好。

大家努力的找東西出來包裝成禮物，沒有包裝紙，只能拿報紙包，有點狼狽。不過白傲瑛美術極強，她拿著麥克筆跟原子筆，也能讓報紙變得趣味繽紛，多了手繪的童趣感，刻意堆疊成高高的禮物堆，增加熱鬧感。

眼淚流也流不盡，白傲瑛精神受到重大打擊，剛從催眠中回到現實的她，根本一片混沌，原本她呆坐在地上，由父母顧著不停哭泣；而其他人各自忙碌，夏玄允跟郭岳洋規劃一切，苦力活就交給毛穎德及馮千靜。

他們還趁空找了武器，瑪莉力氣這麼大，得找些可以斷她手腳的東西。

當桌上蠟燭點燃時，白傲瑛重新站了起來，紅腫的雙眼讓她幾乎看不清前方，但是她知道，自己還有事要做。

從圓桌上的大花盆裡，抽起幾枝滿天星，「瑄瑄最喜歡這個了。」

她一邊說，一邊把花握成一束，爸媽只是悲從中來，根本說不出話；接著爲大家把禮物彩繪，逐漸平靜下來。

「好了，差不多了。」夏玄允謹慎的檢查著，「瑪莉呢？」

「剛剛在三樓，搥打流理台。」郭岳洋從樓上疾步而下，「不過已經離開了，我們要不要叫它進來？」

「等等！等一下……」陳玉潔害怕極了，「你們確定這樣子有用嗎？萬一放它進來的話，這不是連躲都沒地方躲了！」

「妳想躲多久？」馮千靜開口，「我是最後一個，我都等不及了，這種煎熬我可受不了！」

「可是至少在屋裡是安全的！」陳玉潔嚷著，「一旦門戶大開，等於是歡迎光臨耶！」

「我們這麼多人怕什麼！」馮千靜睨了她一眼，「而且，我才不會坐以待斃呢！」

郭岳洋雙眼盈滿崇拜之意，連夏玄允也都擠出偶像般的笑容，毛穎德覺得他應該找個鈴，等等瑪莉要是敢輕舉妄動，他一敲鈴，馮千靜應該會立刻把現場當擂台，進入第一回合！

「對，不能坐以待斃！」李仲利也深表同意，「總是得把事情解決的，躲不能躲一輩子！陳玉潔，妳到我身後來！」

「你們、你們怎麼都不怕的啦！」她邊說，眼淚拼命掉。

「怕？當然怕啊！」馮千靜高傲的抬起下巴，「就是要把畏懼的東西解決掉，這才叫勇氣！」

喔喔喔喔！郭岳洋與夏玄允抱以熱烈的掌聲，這才是他們的小靜啊啊啊！

這等氣勢驚人，跟著感染到其他人，雖然不太明白夏天他們的同學到底是什麼來頭，但總覺得這個馮千靜比大家都還勇敢，至於一旁不太愛說話的毛穎德，一樣內斂，也一樣有本事。

這麼想，好像安心了點？

「然後呢？」鼓掌完畢，白媽媽不解的問。

「啊，得叫瑪莉回家。」夏玄允搔了搔頭，怎麼叫咧……

毛穎德嘆氣，逕自上前拿起話筒，順便指著大家，要大家站好位子，「喂，瑪莉，該回家了。」

『……沙沙沙……』電話那邊果然傳來奇怪雜音，『我是瑪莉，我現在在花叢。』

嗯，毛穎德切掉電話，其他人都站到門的後方到圓桌前的範圍，分站兩旁，郭岳洋跟夏玄允趕緊幫大家點起蠟燭，白俶瑛則抹著不止的淚水去關燈。

她其實還不知道，該怎麼面對那個瑪莉。

鈴——電話聲再響起，毛穎德立刻按下接通及擴音鈕，『我是瑪莉，我現在在門口了。』

「歡迎回家。」毛穎德說著，朝最靠近門的馮千靜頷首。

一段、兩段，她轉動門鎖，取下門鍊，輕輕的打開門……咿……

門外站著小小的影子，六十公分高的破敗娃娃，就站在門口。

它的左臉頰果然掉了，因爲光影的關係瞧不見馮千靜所說的木乃伊狀屍體，只呈現一塊黑色凹洞，玻璃眼珠咕溜咕溜轉的，反射的映在眼前兩排的蠟燭。

「歡迎回家！」夏玄允首先發聲，用燦爛笑容面對它。

「生日快樂！」郭岳洋跟著接口。

哇……瑪莉嘴角揚起笑容，期待般的看著以前列隊歡迎它的人們，「生日，瑪莉的生日！」

「對，生日快樂。」毛穎德持著蠟燭，從圓桌後繞出來，「歡迎回家。」

「生日快樂。」馮千靜淡淡說著，擠出拍照時的職業笑容。

瑪莉往前走著，它身上的衣服早因爬牆跟排水管全變得髒汙不堪，連頭髮也都亂七八糟，但臉上卻罩著喜悅的光輝。

「生、生、日快樂。」陳玉潔每個字都是抖音，笑容僵硬得不得了。

「祝妳生日快樂。」李仲利鼓起勇氣，正視著它。

「嘻！」瑪莉笑了起來，雖然它的嘴角原本就是繪製上翹模樣，但現在上揚得更明顯了。

毛穎德引路，請它繞過圓桌向後，瑪莉吃力的繞過圓桌，立刻看見白氏夫妻跟白俶瑛——那一瞬間，瑪莉戛然止步。

怎麼了嗎？現在位置變成在最後方的馮千靜擰眉，她腰上刻意繫了條腰帶，方便背後藏著鍋鏟。

白家人其實都非常緊張，雖然拿著蠟燭，但恐懼之情溢於言表，只有白俶瑛一看見它，忍不住一掩嘴就哭了起來！

她記得，記得這尊娃娃，記得它跟瑄瑄一起掉下的情況！

就站在瑪莉身邊的毛穎德盯著圓桌上的花瓶，他在裡面藏了磨刀石……就卡在百合綠莖上頭，以防隨時隨地可以……

「姊姊……」瑪莉忽然喊了出來，噠噠噠噠的用娃娃的步伐，奔向了白俶

瑛！

——姊姊！——那天，瑄瑄也是這樣步伐不穩的朝她衝來，緊緊抱住她的腿！

瑪莉環抱住了她。

白傲瑛身子一陣震顫，吃驚的呆張著嘴，低首望著眞的抱著她的大腿、而且非常冰冷的瑪莉娃娃，淚水根本無法克制。

「乖……」她以顫抖的手撫摸上瑪莉的頭髮，當初，她爲什麼不能這樣好好的對瑄瑄呢？

瑄瑄只是想要跟著她而已！

瑪莉仰起頭，依然一臉依戀，「姊姊！我回來了！」

「歡迎回來。」白傲瑛竟蹲下身子，撫摸了那完好的左邊臉龐，「來，要慶生了喔！」

淚珠滴進瑪莉的玻璃眼珠裡，它眨動一下，淚水滑下它的臉龐。

「姊姊爲什麼哭？不要哭！」它伸長手，但再怎麼長，也搆不到她的臉。

「太高興了，今天妳生日啊！」白傲瑛抹著淚，她不知道該叫它瑪莉，還是瑄瑄了，「來，壽星要就位囉！」

深吸一口氣，她大膽的將瑪莉抱起，讓它站在主位的椅子上。

夏玄允叫大家靠近，至少得包圍著桌子，才能表現出一種熱鬧跟熱情啊；瑪莉站在椅子上，眼珠轉著掃視每個人，顯得有點困惑。

「他們……」瑪莉歪了頭，「把瑪莉丟了。」

什麼！陳玉潔幾要滑下手中的蠟燭，李仲利趕緊靠過去，撐住她差點軟腳的身子。

「沒有，這是驚喜！」夏玄允莫名其妙跳出來，眉開眼笑的對著瑪莉，「我們沒有丟掉妳喔，我們是姊姊的好朋友喔，特地過來幫妳辦生日會的！」

瑪莉冷冷的望著陳玉潔、看向李仲利，抬起下巴，望著最後端的馮千靜。

「瑄瑄乖，他們都是姊姊的好朋友。」白爸爸趕緊到瑪莉的另一邊，「妳不可以不禮貌喔！」

瑪莉緩緩向左轉，那眼神變得很詭異，「我，不是瑄瑄。」

喝！白爸爸嚇得僵硬身子，一時之間動彈不得！因爲瑪莉的眼神變得如此陰鷙，罩著一股邪氣啊！

毛穎德眼尾瞄向磨刀石，準備伸手進去，務必一擊就中——

「瑪莉！」白俶瑛突然擊掌，「要乖喔！大家都是來參加妳生日會的！」

邪氣在瞬間消失，瑪莉倏地回頭，一看見左前方的白俶瑛，立刻又恢復可愛天真的模樣——咦？

毛穎德看向對面馮千靜，兩個人眼神相互示意，這怎麼回事？馮千靜的手早映在身後，剛剛也是準備要拿出鍋鏟的吧！瑪莉居然如此聽白醋的話！

「來，我們一起唱歌喔！」白俶瑛哽咽著起音，五年前那晚，她一個字都沒開口。

「祝妳生日快樂……祝妳生日快樂……祝妳生日快樂……祝瑪莉生日快樂！」

瑪莉的玻璃眼珠反射著燭光熠熠，開心得自己也開始鼓掌，白俶瑛則痛苦的邊唱邊哭，在她眼裡，眼前的不只是瑪莉，也是瑄瑄。

曲畢，大家熱烈的掌聲，大概只有陳玉潔腳軟手也軟，擊不出有力的聲響，李仲利只能努力撐住她。

「生日快樂。」白俶瑛率先拿了禮物給她。

禮盒擱在瑪莉面前，她突然像是定格一般，望著禮物不動。

又來！馮千靜在內心咕噥著，小子，妳能不能乾脆一點？打擂台像妳這樣磨磨蹭蹭，是要幾回合才能結束啊？

瑪莉幽幽的抬起頭，「瑪莉已經收過禮物了。」

嗯？白俶瑛有點狐疑，後面的白媽媽惴惴不安，看著瑪莉的雙手都是血，應該都是大發的血跡。

「瑪莉回家了。」瑪莉認眞的笑著，望著白俶瑛，再看向白媽媽、白爸爸。

說眞的，那口吻與音調，幾乎就是瑄瑄啊！

「是嗎？」白俶瑛只能笑著，「那姊姊有一件事，想跟瑪莉說。」

「嗯？」

「這些都是姊姊重要的同學，瑪莉可以不要再去傷害他們了嗎？」她誠懇的問著，「不可以像外面那個……」

「他們把瑪莉丟了。」它眼眸一沉，口吻變得不爽。

「就說不是故意的了！」白俶瑛試著再說一次。

瑪莉轉動著頸子，冷冷的望著拿著蠟燭乾笑的人們，「知道了。」

就這樣妥協了!?夏玄允跟郭岳洋閃過明顯的失望，他們以爲都市傳說還要更更難纏一點！

毛穎德直想把磨刀石往他們頭上扔過去。

瑪莉伸出染滿鮮血的小手向著白俶瑛，「瑪莉想要回房間了。」

望著那沾滿大發血液的手，白俶瑛依然牽上，「走，姊姊帶妳回房間。」

瑪莉嘿唷的下了椅子，由白傲瑛牽著她的左手朝樓梯那邊走去，娃娃走路不快，但以一尊洋娃娃來說，它已經算很會走了。

突然在踩上樓梯時，瑪莉回頭了。

它的視線，直直看著餐桌另一邊，遙遠的馮千靜。

「一起！」它伸出右手，似乎是向著她，「一起陪瑪莉回房間去。」

毛穎德朝她使了眼色，拜託溫柔一點，瑪莉應該比較喜歡她當另一個姊姊，才會挑她一人牽一邊的。

馮千靜刻意繞過花盆，趁機把腰後的鍋鏟抽起，插進花盆裡，然後再繞出來，換上一副甜悅的笑容，主動上前牽起瑪莉的右手。

血已乾涸，但是血腥味依然濃厚，這雙小手，不知道殺了多少人。

所有人都跟在後面，夏玄允暗示白氏夫妻留下，當年他們也是在樓梯下等候的，不需上去。

這一切是想重現五年前的生日宴會，那段白傲瑛選擇逃避遺忘、瑄瑄卻刻在心底的記憶。

她要再過一次生日，她理應再有個完美的生日。

圓弧樓梯走得緩慢，白傲瑛與馮千靜一左一右牽著娃娃上前，白傲瑛唱起小時候瑄瑄喜歡的歌，瑪莉也跟著哼起；從掌心中感受不到任何溫度，馮千靜望著那染血破損的娃娃，此時此刻還真的有點像是人。

一路走上三樓，如此漫長，馮千靜身後就是毛穎德，夏玄允與郭岳洋在他後面一階，李仲利跟陳玉潔走在最後，距離拉開了五階左右。

白氏夫妻則在一樓往上望著，不安與恐懼盈繞，眼神卻有更多藏不住的悲傷。會就此落幕嗎？毛穎德在心中暗忖，了結瑪莉回家的願望，它真會就此罷手嗎？

終於踏上三樓，瑪莉朝圓弧平台那兒望過去，突然拉著兩個姊姊靠近金屬雕花欄杆處，看見樓下的白氏夫妻。

「爸爸媽媽……」它從金屬雕花欄杆中往下望，「蠟燭好漂亮喔！」

「是啊，很美吧！」白俶瑛好聲好氣的安撫著。

白氏夫妻朝它揮揮手，瑪莉咯咯笑了起來，小手也伸出去揮了揮，看上去相當愉快。

轉過小腳跟，它瞥了眼站在樓梯上沒上三樓的其他人，突然又停下腳步。

又來？馮千靜提高警覺，突然慶幸自己握著它的手，萬一這娃娃想要幹嘛的話，她還有機會抵抗！

毛穎德謹慎的將手映在背後，暗示夏玄允他們別上來，就站在原地；但是他自己卻從容的走上三樓，動作不敢大，臉上掛著僵硬的微笑。

「瑪莉？」白傲瑛也感覺到不對勁，她喉頭緊窒，爲什麼突然不動了？

瑪莉緩緩抬起頭，看向白傲瑛的方向。

「姊姊很喜歡瑪莉對不對？」它這麼問著，連歪頭的動作都跟瑄瑄一模一樣。

「是啊！」她勉強笑著，「我們走吧！」

她試著往前一步，卻拉不動瑪莉！

「我知道姊姊很喜歡瑪莉，所以我跟爸爸媽媽說我喜歡……」瑪莉依然昂首，望著右前方白傲瑛的背影，「他們如果送給我的話，我們就可以一起玩了！」

白傲瑛瞪大了眼睛，不敢相信的回頭，低首望向瑪莉……不，是瑄瑄。

「所以它一定要叫瑪莉，」瑪莉的聲音開始哭泣，「因爲姊姊說它是瑪莉。」

「天哪……」白傲瑛失控的掩住嘴巴，眼淚即刻奪眶而出！

瑄瑄跟爸媽要這個禮物，說喜歡這個娃娃，是因爲她——瑄瑄是爲了把娃娃送給她！

「但是，」瑪莉的玻璃眼珠裡流出了紅色的淚水，「爲什麼姊姊把我丟掉了——」

紅血來不及滑下瑪莉的臉龐，因爲瑪莉的臉竟在一瞬間腐朽，先是外殼由頭到身體的粉碎、緊接著是裡面那如馮千靜說的乾屍，從臉到全身漫延，根本只在眨眼須臾——直接風化崩碎！

「啊！」白俶瑛望著自己牽握的小手化爲灰燼，根本來不及反應！

馮千靜握得很緊，原本是怕瑪莉想輕舉妄動，誰知當它一風化後，她這樣一捏，手掌就碎在她的手心裡。

所有人瞠目結舌，但是落在地上的灰沒有因此止息，它們像是腐蝕的液體般，掉落在地毯的部分，竟瞬間穿蝕了整塊地板！

說時遲那時快，三樓的圓弧平台直接整塊崩落了！

白俶瑛跟馮千靜腳下的地板連同扶欄一起頓時消失，她們連抓都沒辦法抓握任何救命物，直接往一樓摔去！

什麼！毛穎德驚恐的身子趨前，但是他距離馮千靜太遠了，跌落的姿勢如此快，他來不及拉住她的，來不及——

「馮千靜握緊著我的手！」他大聲吼著！

詭異的事情突然發生，卻存在於馮千靜與毛穎德間，背景是眾人驚恐的尖叫，她眼前是破碎崩壞的木板地，但是她明顯的感受到地心引力在某一刻消失，

她的視線正與崩壞殘缺的地板平行，沒有再往下掉，身體彷彿凍結在半空……不，她還往上飄了點！

毛穎德用腳勾住樓梯邊的欄杆，撲倒在地朝她伸長了手，她根本沒有自主意識，一切都發生得太快——她停住、向上飄了幾公分，且她的右手主動伸起，握住了毛穎德的手！

言靈！她不可思議的看著他，毛穎德有超級弱的言靈能力，弱到只能用於日常生活、二十四小時還只能用一次，但是……她緊緊握住他的手，現在她突然覺得這能力爆炸強大！

他們吃驚的對視，緊握住她的毛穎德覺得太不實際，因爲馮千靜竟然毫無重量！他們就只是交握著手，但是——喝！

馮千靜整個人突然往下墜，地心引力發揮了功效，她緊急用左手攀住了地板斷面！

「哇啊啊啊——」白倣瑛尖叫著，因爲本就背對著欄杆，所以她便以仰躺的姿勢落下，看著上方的吊燈越來越遠——砰咚一聲重擊，她的腰撞上了二樓圓弧平台的扶把。

「小瑛！」白爸爸喊著，但一切都太快了。

砰——白俶瑛落在他們的面前，早已失去了意識。

「小瑛！小瑛！」白媽媽跪在身邊，歇斯底里的尖叫著，「爲什麼會這樣？爲什麼？」

白爸爸較爲冷靜，伸手探向脈搏，並阻止了想抱她起來的妻子，「她還有脈搏，妳不要動她！她一定骨折了，現在動她可能會有危險的——報警！誰幫忙報警！」

「我來！」李仲利快速奔向樓下，一邊拿出手機。

陳玉潔衝了過來，看向倒地的白俶瑛鼻孔流出鮮血，立刻往大門衝去，開啓大燈，吹熄蠟燭，然後清出一條通道來！

「我報警了。」李仲利抬起頭，「沒事吧上面？」

馮千靜的雙腳在空中晃動著，她與毛穎德緊緊互扣，毛穎德左手亦扣著殘餘的地板邊緣，及時拉住了馮千靜。

他的背後是揪著他衣服的夏玄允，夏玄允身後則是抱住他大腿的郭岳洋。

「沒事！」毛穎德回應著，「我要拉妳上來了。」

馮千靜看著以前的地板，「地板很脆弱，千萬小心……不行的話，就把我放開！」

毛穎德緊緊扣住她的手，「我絕不放手。」

他咬緊牙關，做個深呼吸後，一口氣把馮千靜拉上來——那瞬間她跟卡住的地板又粉碎了幾塊。

她眞的是半飛上來的，直接摔進毛穎德因用力過猛而仰躺的懷抱裡，還雙雙一起向後滾到樓梯上，更別說後頭的夏玄允跟郭岳洋了！

哀鳴聲起，兩個沒用的閃到一邊去。

「呼……呼……」她狼狽的壓在他身上，卻一動也不想動。

「我的天哪……」毛穎德終於鬆口氣，放棄狀的呈大字型癱在樓梯上方，「都市傳說會搞陰的，這個你們得記起來。」

「記住了！」滾在樓梯上的郭岳洋跟夏玄允異口同聲，冷汗早就浸濕了他們的衣服，全身虛軟無力。

馮千靜貼著的胸膛有熟悉又明顯的肌肉，她抬頭，不由得勾起笑容。

「好肉咖！」她笑了起來，「居然效用只有五秒鐘！」

「喂，五秒鐘就足夠不讓妳摔到一樓了！」他小聲的抱怨，還嫌！

「也是！」她由衷的感激，「謝謝你……天哪，折騰死了！」

呼，毛穎德隻手撐頸，認眞抬起三十度才能看向趴在他胸前的馮千靜，「早

叫妳不要來的！」

她竟笑了起來，救護車與警笛的聲音由遠而近。

李仲利跟陳玉潔奔出庭院外頭揮著手，深怕警車情急之下往庭院駛入，壓到大發的屍體。

屋子裡迴盪著白氏夫妻驚慌的叫聲與哭聲，而三樓的地板木頭看來腐朽得很嚴重，地上那一灘風化的「沙」，正一點一滴的流逝在空中。

至少，電話沒有再響起了。

瑪莉，回家了。

第十二章 代價

今天依然是晴空萬里的好天氣，只是雲層有些厚重，前兩天都有午後雷陣雨，馮千靜揹上背包，紮起高馬尾，T恤加短褲，搭上雙紅色帆布鞋就顯眼異常。身材好又高的人怎麼穿都好看啊……毛穎德站在車邊，望著走出來的她。

「只有妳嗎？」他早就發動引擎，先開冷氣讓車裡涼透些。

「不知道，夏天他們還沒出來嗎？」她往紗門裡看。

他們已經來到毛穎德的阿姨家，阿姨熱情得如同夏季炙陽，房子座落在寧靜的鄉間，附近綠樹蓊鬱，還有山中湖，馮千靜實在很喜歡這種遠離塵囂的靜謐，他們的家鄉住在這種地方，真的非常令人羨慕。

毛穎德的阿姨在鎮上有店面，所以不能顧及他們，毛穎德原本就不打算過度叨擾，不但告訴阿姨放輕鬆，如果晚上趕不及回去，就由他跟馮千靜張羅晚餐。

夏天跟郭岳洋？別寄望他們了，昨天早餐連煎個火腿都會變焦炭，夏玄允出生富有，家裡一向是佣人在處理瑣事。

他們剛吃完早餐，今天要去醫院探望同學們，然後要去參加悲傷的同學會。

「郭岳洋這兩天都在寫都市傳說的紀錄，昨天晚上我下樓時他還在客廳咧。」馮千靜開始自顧自的做暖身運動。

「在寫瑪莉的都市傳說吧！他製表超精細的。」毛穎德顯得無可奈何，「一

個寫紀錄本，一個忙著在社團裡發來龍去脈……妳沒看團員們多熱鬧，沒有人遇過這個都市傳說。」

「誰想遇啊！」她皺眉，沒好氣的唸著。

屋裡傳來慌張的腳步聲，剛剛吃早餐時才叫他們準備好，結果又拖拖拉拉。

「對不起！」郭岳洋先衝出來，手上提了一大袋東西。

「那什麼？」馮千靜好奇的問。

「呃……昨天我託阿姨買的，一些……拜拜用的東西。」他微笑著，溫柔至極。是要給瑄瑄的。

他要先去醫院探視白傲瑛，再打算去白家舊宅，看一下警方處理好的庭院。

在白氏夫妻的證詞下，警方在那塊地上開挖，的確在大發他們開挖的那口箱子下一公尺深處，挖到了以被子包裹的骸骨；事隔五年，屍體早已腐化，只是如同馮千靜所見，屍體並未見骨，竟成木乃伊狀。

法醫堪驗後證明白氏夫妻所言不假，瑄瑄生前脊骨斷裂兩處，肋骨也斷開變形，頰骨與鼻骨碎裂，頸椎直接扭曲脫離頭骨，死得可以說很痛苦、但也很快速。

他們向警方交代了五年前的過程，因此主屋也是必須搜證之處，地板上的血跡即使已被擦淨，但血液滲入木板地與地下，一撬開便能看見五年前已變色滲入的血跡；至於瑄瑄當年摔下來，一路落下的跡證，都能透過科學找到。

滿牆的鮮血、樓梯上四處是飛濺的痕跡，三樓斷裂的欄杆，這些證據都未曾消失過。

所以白氏夫妻以遺棄屍體的罪刑起訴。

沒有人否認那是場不得已的悲劇意外，但橫豎是一條人命，就算是親生父母也不能如此草率對待。

都市傳說這部分他們不知道能怎麼解釋，李仲利跟陳玉潔說得很激動，不過換來警方的困惑，以及無法寫成報告的事實；只能說玄，但是要他們相信瑪莉會打電話還會走回家，這點無法成為確切的證據。

「走了走了！」夏玄允跟著出門，「對不起，我準備一點東西晚了。」

「你又準備了什麼？」毛穎德見他也提了一袋。

「這我本來要給大家的東西啦！」這場同學會，他們都是期待已久的，「雖然有人勢必缺席……」

「這也是沒辦法的事。」毛穎德苦笑著，在FB活動裡依然存在的「參加」的人數，也只能停在那兒了。

馮千靜拉開車門坐了進去，車子是毛穎德的阿姨借他們自由使用的。

「小靜妳要跟我們去參加同學會嗎？」郭岳洋邊繫安全帶邊問著。

「才不要，你們同學會我去幹嘛！」她聳了聳肩，「我跟毛穎德說好了，同學會前請他載我去找朋友，你們結束後再來接我。」

「蛤……」後面兩個哀號著，毛穎德透過後照鏡瞪著他們。

「馮千靜又不是我們同學，你們蛤什麼？」他嘖了一聲，「根本就是要帶她去炫耀！」

郭岳洋一陣心虛，能帶偶像去，當然是天大的炫耀啊！

「而且可以讓大家看看小靜多威！」夏玄允咕噥著，都是馮千靜不許她在ＦＢ社團提及碾過瑪莉的橋段，不然能換得多少人投以敬佩啊！

「你不要在社團裡亂寫。」馮千靜頭也不回的說著，「我是要低調的好嗎！」

「是！」夏玄允心口不一。

「況且這次威的是毛穎德吧！」她右手托著腮，嬌俏的朝左看，「這次沒他的話，現在躺在醫院的可是我了！」

毛穎德若有所指的瞥她一眼，「換作是妳也會這麼做的。」

不能讓夏天或是郭岳洋知道的祕密，只能用「行動敏捷」來解釋那千鈞一髮！

馮千靜勾起笑容，「那倒是！」

他們都是運動神經發達的人，反應通常相當迅速，在那晚的緊急狀況下，的確有能力也有速度去拉住對方——但是如若不是毛穎德那肉咖的言靈，速度再快也不可能來得及！

夏玄允默默的看著前座的兩個人，總覺得氣氛好像有一點點不一樣了？

毛穎德的阿姨家到醫院有一小時的車程，路上大家依然在談論這次的事件，自出事後至今三天，沒有人的手機再響起，似乎代表瑪莉的事告一段落。

「如果不叫瑪莉的話，會有這件事嗎？」馮千靜好奇的問。

「不知道啊，我也一直在想這個問題。」郭岳洋認眞的說著，「如果叫安娜的話，是不是就不會變成一個都市傳說？還是照樣打電話，只是改成我是安娜，我現在在哪兒？」

「我覺得是後者。」夏玄允說得倒蠻肯定的，「不管叫什麼名字，它們都是被丟下的娃娃和人，瑪莉或是瑄瑄都是……一樣的痛苦才把它們繫在一起的。」

「那爲什麼五年來不找人？現在才找？」馮千靜不懂。

「白家這五年可能都不在吧？」毛穎德胡亂猜，白氏夫妻不該回來的。

「是因爲開箱吧，這五年來瑪莉很想離開箱子的。」夏玄允讚許的笑著，

「忘記鄰居說的嗎？夜半總是有女孩在哭泣？狗兒會對裡頭狂吠？說不定是瑪莉

在裡頭敲著箱子，不停的喊放我出去！」

啊啊，是了，瑄瑄也是吧？影片裡的黑色邪氣是從那邊來的，然後便與都市傳說無縫接軌，成了「瑪莉的電話」。

「原始流傳的傳說中，瑪莉是被丟在河裡，它也費了一番工夫才從河裡爬上岸，遠比這個瑪莉輕鬆多了。」郭岳洋有些語重心長，「若不是大發他們惡作劇去開箱，瑪莉只怕永遠都被關在那兒……」

「這是命，沒辦法。」夏玄允難得正經，「大發他們當然不對，但是這樣行爲真的罪及死嗎？是誰也不能料到會遇到都市傳說吧！」

「是啊，我騎車騎到一半碾到個擋路的娃娃也有事，這超不公平的。」馮千靜沒好氣的抱怨，突然回首看著後座兩個可愛的男孩，「你們是不是在我身上動了什麼手腳？不然爲什麼我老是遇到都市傳說啊？」

沒有沒有沒有喔！兩個男孩搖頭飛快，這時候稍有遲疑就死定了！

難得這幾天因爲馮千靜覺得累，懶得找他們「練習」，否則他們一定又會被壓制在地上哀號了。

毛穎德挑眉，嘆了口氣。

好啦！馮千靜聽見他嘆氣，推了他一下，已經盡在不言中了。

——早就叫妳別來的！——

抵達醫院，在停車場時車內的氣氛突然轉變成凝重，大家依序下車，大概只有馮千靜一個人沒有太嚴肅的感覺。

芒果已經拔管，將可用的器官捐出去；元寶、阿B跟大發也都走了，家長們得知眞實原因後，幾乎都難以接受，還是因爲阿B的家人親眼所見，才勉強說服了其他人。

也有家長寧可把這一切當成意外，但元寶的家人就不能原諒開箱的行爲，只是原本想怪罪主事者，大發卻也已頭破血流成了冰冷的屍體；要好的同學、瘋狂的白目行爲、想不留白的年少輕狂，最後卻造成天人永隔。

總之，同學們的家屬決定舉辦聯合公祭，他們生前如此要好，只能說一起走也有個伴。

現在最麻煩的，反而是白醋。

他們愼重的來到加護病房前，帶了水果來探病，開門的是假釋的白媽媽，神情憔悴不已。

病床邊坐著熟悉的同學，李仲利跟陳玉潔也趁同學會前來看她。

白俶瑛躺在病床上，插管闔眼，看起來在睡覺。

「她剛睡著。」陳玉潔起身走向他們，「情緒還不太穩定。」

夏玄允將水果遞給白媽媽，她笑著收下，但眼底沒有喜色。

一行人站在床尾望著白俶瑛，李仲利說剛剛她情緒激動，所以醫生進來打了鎮定劑，讓她舒緩一點。

「狀況沒有改善嗎？」郭岳洋擔憂的問。

白媽媽搖頭，搖著搖著，鼻頭一酸突地掩嘴哭了起來，「對不起！」

她說著，倉皇的奪門而出。

他們看著門關上前的背影，有點難受。

「醫生說復原的可能微乎其微。」李仲利望著病床上的同學，「她這輩子註定要與輪椅爲伍了。」

半身不遂，白俶瑛摔斷了脊椎，骨盆以下功能盡失。

「我們鼓勵她這樣的人也不少，慶幸她上半身都還能動，只要有心也能過正常生活的……但她打擊太大，無法接受。」陳玉潔嘆口氣，「歇斯底里的又哭又喊，說這樣不如死了算了。」

馮千靜看著白俶瑛，就會感謝毛穎德及時抓住了她。

白俶瑛應該是在撞擊二樓扶把時撞斷脊椎的，三樓地板一垮，她們掉落的軌跡極有可能會造成這樣的結果，或許摔斷腿，也或許撞斷脊骨。

「沒有人料想得到，瑪莉會腐朽吧！」李仲利其實很難受，「它雖然沒有帶走白醋，但讓她生不如死。」

三樓的圓弧平台，堪驗過後證實是被白蟻寄生，嚴重腐朽，這幾日因爲人多踩踏，加上他們爲了封住所有可能的出口奔跑震動，直到那一刻才成爲崩壞的關鍵。

當然，夏玄允絕對不是這麼想。

「我覺得瑪莉是故意的。」他輕聲說著，「它選擇在最高處那刻風化，重現五年前瑄瑄被推下去的那瞬間……」

其實大家隱約都有那種感覺，何時不崩落，偏偏選在那個時刻、那個地方。

白媽媽抹著淚再度走了進來，他們也有官司在身，加上白俶瑛的半身不遂，未來日子也不好過。

說穿了，馮千靜默默望著她，五年前當機立斷報警不就好了！

他們都說是一場意外了，爲什麼不面對那場意外？沒有人是故意爲之的不是嗎？

現在賠得可大了。

「謝謝你們來看她，她剛好睡著。」白媽媽虛弱的說。

「白媽媽，白爸爸呢？」夏玄允好奇的關心。

「去吃飯了，早上小瑛折騰了一陣……唉。」她重重嘆了口氣，「她很不能接受自己下半身殘廢的事實，她一直認爲這是瑄瑄的復仇。」

人人轉著眼珠子，就是吧！

「別想太多了，事情已經發生至此，能做的只有向前走。」馮千靜倒是乾淨俐落，「她再哭再鬧再不爽，不能走就是不能走，該想的是怎樣開始復健跟自理生活。」

非常正面啊！毛穎德回頭，在仍深陷悲傷的家屬面前這樣說，幾個人能承受啊！

白媽媽果然皺起眉，盈著淚看向她，有點不能理解、更有點快動怒的模樣。

「啊啊……既然她在睡覺，我們看同學會結束後怎樣再來好了！」郭岳洋立馬上前，扯開話題，「說不定也有同學們想見她，畢竟轉學後，她都沒有再跟大家聯繫了呢！」

夏玄允回頭使個眼色，該走了啊你們！陳玉潔跟李仲利立刻跟上來，朝白媽媽頷首道別，毛穎德從容的抓著馮千靜的手，往外半推半拉了出去。

「你們……不要再來了。」白媽媽突然開口，大家都嚇了一跳。

一行人在門邊回頭，白媽媽勉強的微笑，回過身來。

「我瞭解馮同學的意思，但是我們要走出來眞的沒這麼快……需要時間的治療。」她強忍著悲傷，「我跟她爸必須面臨司法，小瑛她……心理的折磨跟打擊更大，看見你們，她更會想起這件事。」

又要逃避！馮千靜皺眉，眞是個非常擅於「逃」的家庭啊！

「她這兩天一直做惡夢，發脾氣時怪你們開箱、怪你們把瑪莉引到家裡來……停，我知道你們會說，瑪莉無論如何都會回來的。」白媽媽深吸了一口氣，「但是這件事沒發生，我們誰也說不準，不是嗎？」

換句話說，就是怪他們囉？

毛穎德完全明白白媽媽的意思，禮貌的揚起淺笑，朝白媽媽行禮，「我們知道了，請保重。」

陳玉潔其實聽不太懂，白媽媽剛剛在說什麼？

「謝謝。」白媽媽目送他們離去，最後一個的毛穎德默默關上門。

「所以是什麼意思？」李仲利也不甚明白，「不歡迎我們去看她了喔？」

「白媽媽認爲是我們害他們淪落至此的。」夏玄允雙手枕於腦後，倒是不太受影響，「你們開箱放瑪莉出來，我們把大家都集中到他們家去，瑪莉才會找上門。」

「嗄？問題是瑪莉是他們家的東西啊！」李仲利不可思議的嚷著，「就算沒聚在一起，它可能陸續解決了我們，還是會回家啊！」

「白媽媽剛剛講了，事情沒發生就不會是必然，這都是我們在嘴炮的意思啦！」郭岳洋也很無奈，兩手一攤，「對他們家而言，我們簡直是瘟神吧！」

「他們都沒錯就對了？」馮千靜挑高了眉。

毛穎德只有輕哂，「算了，他們現在的情緒跟思路本就不太理智，大家多包容一下吧！既然不想看到我們，我們暫時就別去了！」

而且，下星期大家也打算回學校了，打工即將開始。

眾人低氣壓的走出醫院，郭岳洋說了他們想去白家舊住處祭拜一下，結果陳玉潔輕笑，他們也是這麼打算。

他們兩一人騎一台機車，加上毛穎德的一台車，帶著誠敬的心抵達被黃色封鎖線圍繞的宅子。

庭院黃土地有個大坑，是警方開挖過的痕跡，屋子大門也被打開，裡面都已經過採證。

他們站在深坑前，毛穎德要大家留意距離，千萬不要太近，否則等等掉下去可不是輕易能拉出來的……更別說，洞底層是瑄瑄躺的地方啊！

地上早有焚燒痕跡，陳玉潔跟李仲利開始準備蠟燭及紙錢焚燒，也準備了一些孩子愛吃的糖果跟餅乾，只希望瑄瑄在天之靈，能夠好好安息。

人人雙手合十，爲那早逝的靈魂祈拜。

「所以，警方有化驗在三樓地板的灰燼嗎？」馮千靜想知道的是這點。

「好像還在化驗中吧，沒這麼快。」毛穎德將冥紙丟入火中，「不過，元寶手裡的頭髮已經比對成功……」

在場所有人屏息，望著毛穎德，他是聯絡窗口。

「是瑄瑄的。」他嘆口氣。

「天哪！」李仲利顫了一下身子，「我雞皮疙瘩都起來了！」

被瑪莉推下去的元寶，情急之中抓住了對方的頭髮，那居然不是娃娃身上的頭髮，而是瑄瑄的！

「齒模比對也跟瑄瑄之前在兒童牙醫那裡的一樣，所以阿B的頸子……」

「噫！天哪！」陳玉潔雙手合十不停唸著阿彌陀佛，大家不是故意的，既然回家也吃了蛋糕，求求妳不要再來！

「果然很玄……」馮千靜仰起頭，看著那棟四層樓的透天厝。

原本和樂的家庭，因爲一點叛逆、一點計較、一點輕忽，就造成了永遠無法

彌補的後果。

「在想什麼？」毛穎德起身，「覺得因爲這種小事變成這樣很遺憾？」

馮千靜輕笑，點點頭。

「青少年很難理喻的，我覺得家長沒有留意孩子的心情，沒有做妥善的處理。」毛穎德也是這樣認爲，「瑄瑄最無辜，但是當時白醋會因爲大家都疼她，轉而把怨氣出在她身上。」

「她想要娃娃是爲了姊姊啊……唉，知道這點的白俶瑛眞是情何以堪！」

「爲時已晚。」夏玄允幽幽的下了註解，「這就是人生有趣又可恨的地方吧！一步踏錯，就扭轉了所有未來，而且不能重來。」

馮千靜回眸，揚起一抹笑，「對，就跟我開學時不該經過海報街一樣，我不該答應你們成爲什麼幽靈社員！」

「唉唷，小靜！」夏玄允撒嬌般的趨前，「妳可是我們『都市傳說社』的超榮譽社員呢！」

「哼。」馮千靜直接推開他，往門外走去，「該走囉，你們同學會的時間也快到了。」

「走囉！」夏玄允吆喝著。

李仲利跟陳玉潔正收拾著東西。

一個星期前來這兒，是快樂瘋狂的慶祝暑假開始，在這兒挖開別人的地，發現箱子，那天大家做錯事卻還是很快樂，覺得在一起就是該瘋狂。

而現在，卻只剩下他們兩個人了。

悲傷的情緒不會這麼快就消失，即使大發他們永遠缺席同學會，但說好的同學會結束後去吃烤肉，他們兩個還是會照做；畢業時一起去澎湖，他們也一定會去澎湖，帶著大家一起去。

希望逝者都能安息，也希望瑪莉不要再出現了。

車子緩緩駛離門口，剛好遇到那天帶著狼犬的光頭大叔，毛穎德還搖下車窗跟他打招呼，大叔認得他們，閒聊了幾句前幾天警方的大陣仗，還有已經開始穿鑿附會的「聽說」。

例如瑄瑄是白氏夫妻殺死的，才會連夜逃跑，晚上的哭聲是小女孩死不瞑目；例如白俶瑛那孩子從小就陰沉，一定是故意殺死瑄瑄的；例如，白家一家子都很詭異，搞不好是在屋子裡進行什麼妖術……

WELL，夏玄允笑了起來，說不定這邊又會是另一個「都市傳說」的起點呢！

趕時間沒法跟大叔說太多，他們道別後離去，大叔回神左顧右盼，啊他家威

仔呢？

「唔……汪！汪汪汪！」大黑狗又站白家大門旁，朝著裡面狂吠，緊繃著身子，鼻息間呼嚕嚕。

「好了！威仔！」大叔上前，「別再叫啦！那是警方挖的啦！走了！」

「唔！汪！」依然呈現備戰狀態！

唉，大叔只得拉過牠的繩子，硬往前帶去，「不要管了，我們走囉！」

「汪！」

平靜的庭院。

風吹過花草樹木，位在邊坡的樹與灌木叢隨風發出枝葉亂顫的沙沙聲響，沙……沙……灌木叢下的黑色結晶體跟著被吹出，散落在地上。

沙沙，沙沙沙——喀！

小手抓住了軟枝，拼命的爬上來。

呼呼……蕾絲帽從樹叢中現身，其下是紊亂的金髮，還有一雙咕溜溜的玻璃眼珠，小心的望著大門外。

嘿咻，它鑽進了樹下灌木叢的空隙。

瑪莉回家了。

尾聲

會客時間結束，媽媽走了之後，白俶瑛窩在被窩裡滑手機，看著那日同學會的照片。

他們到底憑什麼笑得這麼開心？她看著照片裡的夏玄允、郭岳洋、毛穎德……還有李仲利跟陳玉潔，這一切是誰的錯啊!?可惡！

她氣得把手機摔在床上，又忍不住哭了起來。為什麼她會變成這樣……嗚，嗚嗚……變成一個再也站不起來的殘廢！在國外的男友一知道後，就變得冷漠了！

瑄瑄，這就是妳對姊姊的復仇嗎？

她不是故意的，她也很愛瑄瑄，但那時的她真的厭惡妹妹的笑與天眞，尤其當每個人都讚美瑄瑄、並拿她跟瑄瑄比較時，她總是會怨爲什麼要有瑄瑄這個人在世上！

可瑄瑄只有七歲，她能懂什麼？她只是喜歡姊姊，喜歡跟前跟後而已。

她知道不該這麼做，卻依然封閉自己的心，從未去認眞思考過，所以當瑄瑄說出要把娃娃取名叫瑪莉時，她怒極攻心的將瑄瑄推了下去。

她不是知道她會死才推她的。

是因爲很生氣很生氣，氣到一種喪失理智的地步。

只是五年後的現在回想，只是一尊娃娃、取個名字，到底有什麼大不了的？那個時期的自己，世界爲什麼會如此狹小？

但想再多也沒用，事情已經發生，瑄瑄不會復活，她也站不起來了。

哼，如果這眞的是瑄瑄的報復，她認了！她從未想過瑄瑄是爲了她才想要那個娃娃的……的確是她對不起她。

因爲，就算時光倒流，只怕她還是會推瑄瑄下樓。

她抹去淚水，苦笑的看著自己被子裡那雙再也不會有感覺的腳，深吸了一口氣後，把手機放回櫃子邊，並探身關燈。她只能往前走，這是自己造成的結果。

噠噠噠噠噠噠，桌上的手機震動跳舞，她伸手拿過，媽忘記什麼了嗎？瞥了眼手機，沒有來電顯示？

「喂？」

『我是瑪莉，我現在在醫院了。』

喝！

手機滑出她的掌心，腦袋一片空白，這是……惡作劇嗎？瑪莉已經化為塵土，還害她摔成這樣了啊！

她全身開始發抖，不可能不可能！該不會是同學會中有人聽說了這件事，開始整她吧？跟大發那樣的咖還有好幾個好嗎？從以前就愛惡作劇的人！

這一點都不好笑！她討厭這種惡作劇！

鑽入被窩裡，她把自己關在被子中，手機再度震動，白光在被窩裡一閃一閃。

她不會接的！白俶瑛瞪著手機，太過分了，她趁機在國中同學會的社團頁面裡貼了文：『是誰故意打給我惡作劇的！又裝瑪莉！』

氣岔的傳出，居然還有人按讚！

不過回應倒是很快，叮叮的回應，第一個回覆的是李仲利：『什麼意思？有人打給妳？』

白俶瑛：『對！學瑪莉說話！說它現在在醫院裡！』

陳玉潔：『怎麼可能！誰這麼惡劣啦！』

白俶瑛：『你們那天應該把事情都跟大家講了對吧？到底是誰在開玩笑？』

李仲利：『請住手吧，開這種玩笑太過分了！』

事實上，從她發ＦＢ後，電話的確沒有再響過了。

可惡，她閉上眼大概都能猜得出是哪幾個，拿別人的悲傷與恐懼當玩笑嗎？

陳玉潔：『現在還有再打去嗎？』

白俶瑛：『沒有了……做人別太過分！』

中間夾雜了其他同學的討論，多半都是些關心與一起指責惡作劇。

李仲利：『我跟夏天他們說說。』

白俶瑛：『不必了，只拜託你們不要再鬧了！』

才發出去，LINE立刻響起，是夏玄允嗎？

夠了！她不需要人家惡作劇、但也不需要他們再關心了！這些東西對她而言，絲毫沒有實質上的助益！

點開LINE，卻是陌生的帳號傳來的照片。

點開照片，照片裡……是她的臉，臉上映著手機的光線，角度是……她的前鏡頭？她的手機竟自動自拍了！

而她的肩後，有一雙反射的螢幕亮光玻璃眼珠……一隻小小的手，正攀著她的肩頭。

叮，同一視窗，跳出了訊息：

『我是瑪莉，我現在在妳、身、後。』

後記

哈哈，首先要非常開心的，都市傳說有機會出到第七集！

這都要感謝支持我最最親愛的天使們啦，若不是大家鼎力支持，原本以爲「都市傳說社」第六集就要關社了呢！

很開心大家能接受笒菁版本的「都市傳說」，我加了自己想寫的元素，或是改寫傳說，盡量不悖離原本傳說的主幹，可能與原始出入很大，但謝謝大家都能接受。

所以，「都市傳說社」繼續開社囉，話說社辦裡越來越多奇怪的東西嚕（笑）！

雖說「都市傳說」認眞找起來資料很多，也有許多人會提供，不過撰寫前，我們首先必須考量到適不適合發展成長篇小說，有的傳說短短的眞是迷人，但是卻不適宜發展成長篇，故事會整個弱掉。

另外就是很多傳說故事感覺不同，但主軸一樣，這種重複性的就會ＯＵＴ

了，我都會把條件框設計好，再套上去篩選，一挑完～咦？還眞的沒想像的多。

不過我想應該還是夠我再寫個幾本吧，嘿。

這一次的都市傳說似乎不是非常普遍，但是我以前初看到時卻覺得非常詭異，有人一直用電話在報行蹤，而且不管門鎖得多緊，它都有辦法進來，最駭人的是經典台詞：「我是瑪莉，我在你身後。」

傳說就在這句結束，密閉式空間，這是主人聽見的最後一句話，故事以句點作結，沒有任何後續，沒人知道主人發生什麼事，也不知道瑪莉幹了什麼好事，留給我們無限想像空間。

再說到娃娃，從紙娃娃到大尊娃娃甚至日本娃娃，在靈異界都有非常獨特的地位，或許因爲娃娃製成人形，所以總是會有「活」過來的各式傳聞；記得以前農曆七月時，都流傳紙娃娃會推開櫃子，從裡面走出來，掐住主人的頸子……「都市傳說系列」第一集《一個人的捉迷藏》裡，也提到了跟普通娃娃玩捉迷藏的傳說〈拜託不要玩〉，大家幾乎都活動自如啊！

而娃娃中最精緻高級的，那自然以法國娃娃爲首了，在過去那可是名貴精品，手工限量製作，只有貴族才能擁有的夢幻逸品。

我想，這樣的娃娃，才適合我們可愛的瑪莉吧！

雖是後記，我擔心有人先翻後記，這兒我還是保守一點兒不爆雷，只是順便提醒大家：沒事不要亂撿東西，也不要去亂挖別人的東西唷！

來分享一下近況，距第六集結束有點兒時間了，六月底我去了一趟俄羅斯，俄羅斯之美我想很多人想都沒想過，甚至沒考慮過這個國家的探索；我在俄羅斯旅遊十天，在紅場三天、金環兩天、聖彼得堡三天，那東正教的洋蔥屋頂深得我心，俄羅斯雖是共產國家，但其實文化悠久，並且揉合了中西方兩者文化，在其建築、教堂、壁畫中顯而易見，處處有歐洲身影，但也處處有東方色彩。

美麗的風景與遊記我都寫在部落格了，有興趣的人可以去瞧瞧，眞的很美！

雖然我必須說加入「都市傳說社」風險非常大，而且他們所到之處，別人風險更大……但還是請大家期待，下一次又會有什麼「都市傳說」找上門呢？（夏天&洋洋表示：喔耶！）

最後，誠摯的感謝購買此書的您，因購書是支持作者最直接且有效的方式，因爲有您，我才能繼續寫下去，萬分感謝！

MY俄羅斯遊記：

境外之城 **055**

都市傳說7：瑪莉的電話

作　　者／笭菁
企畫選書人／張世國
責 任 編 輯／張世國

發　行　人／何飛鵬
總　編　輯／楊秀眞
業 務 經 理／李振東
行 銷 企 劃／周丹蘋
法 律 顧 問／台英國際商務法律事務所　羅明通律師
出版／奇幻基地出版
城邦文化事業股份有限公司
台北市 104 民生東路二段 141 號 8 樓
電話：(02)25007008　　傳眞：(02)25027676
網址：www.ffoundation.com.tw
e-mail：ffoundation@cite.com.tw
發行／英屬蓋曼群島商家庭傳媒股份有限公司城邦分公司
台北市 104 民生東路二段 141 號11 樓
書虫客服服務專線：(02)25007718・(02)25007719
24 小時傳眞服務：(02)25170999・(02)25001991
服務時間：週一至週五09:30-12:00・13:30-17:00
郵撥帳號：19863813　　戶名：書虫股份有限公司
讀者服務信箱 E-mail：service@readingclub.com.tw
歡迎光臨城邦讀書花園 網址：www.cite.com.tw
香港發行所／城邦（香港）出版集團有限公司
香港灣仔駱克道 193 號東超商業中心 1 樓
電話：(852) 2508-6231 傳眞：(852) 2578-9337
馬新發行所／城邦（馬新）出版集團
【Cite(M)Sdn. Bhd.(458372U)】
11, Jalan 30D/146, Desa Tasik,
Sungai Besi, 57000 Kuala Lumpur, Malaysia.
電話：(603) 90578822　　傳眞：(603) 90576622

封面內頁插畫／豆花
封面設計／邱弟工作室
排　　版／極翔企業有限公司
印　　刷／高典印刷有限公司
■2015 年（民 104）10月1日初版一刷
■2024 年（民 113）4月10日初版16刷

售價／260元

國家圖書館出版品預行編目資料

都市傳說7：瑪莉的電話／笭菁著, -初版-台北市：奇幻基地，城邦文化發行；家庭傳媒城邦分公司發行2015.10（民104.10）
面：公分. –（境外之城：55）

ISBN 978-986-91831-8-5（平裝）

857.7　　104016380

ISBN　978-986-91831-8-5
Printed in Taiwan.

廣　告　回　函
北區郵政管理登記證
台北廣字第000791號
郵資已付，免貼郵票

104台北市民生東路二段141號11樓

英屬蓋曼群島商家庭傳媒股份有限公司城邦分公司 收

請沿虛線對摺，謝謝

每個人都有一本奇幻文學的啓蒙書

奇幻基地官網：http://www.ffoundation.com.tw
奇幻基地粉絲團：http://www.facebook.com/ffoundation

書號：1HO055　　書名：都市傳說7：瑪莉的電話

請於此處用膠水黏貼

讀者回函卡

謝謝您購買我們出版的書籍！請費心填寫此回函卡，我們將不定期寄上城邦集團最新的出版訊息。

提供訂購、行銷、客戶管理或其他合於營業登記項目或章程所定業務之目的，英屬蓋曼群島商家庭傳媒(股)公司城邦分公司於本集團之營運期間及地區內，將以電郵、傳真、電話、簡訊、郵寄或其他公告方式利用您提供之資料（資料類別：C001、02、C003、C011等）。利用對象除本集團外，亦可能包括相關服務的協力機構。如您有依個資法第三條或其他需服務之處，致電本公司客服中心電話(02) 25007718請求協助。相關資料如為非必要項目，不提供亦不影響您的權益。

姓名：________________ 性別：□男 □女

生日：西元________年________月________日

地址：________________

聯絡電話：________________傳真：________________

E-mail：________________

學歷：□1.小學 □2.國中 □3.高中 □4.大專 □5.研究所以上

職業：□1.學生 □2.軍公教 □3.服務 □4.金融 □5.製造 □6.資訊

□7.傳播 □8.自由業 □9.農漁牧 □10.家管 □11.退休

□12.其他________________

您從何種方式得知本書消息？

□1.書店 □2.網路 □3.報紙 □4.雜誌 □5.廣播 □6.電視

□7.親友推薦 □8.其他________________

您通常以何種方式購書？

□1.書店 □2.網路 □3.傳真訂購 □4.郵局劃撥 □5.其他

您購買本書的原因是（單選）

□1.封面吸引人 □2.內容豐富 □3.價格合理

您喜歡以下哪一種類型的書籍？（可複選）

□1.科幻 □2.魔法奇幻 □3.恐怖 □4.偵探推理

□5.實用類型工具書籍

您是否為奇幻基地網站會員？

□1.是□2.否（若您非奇幻基地會員，歡迎您上網免費加入 http://www.ffoundation.com.tw/）

對我們的建議：________________

____

____

請於此處用膠水黏貼